ツタ小母チャンと村人たち

下林益夫

未知谷

目次

ツタ小母チャンと村人たち（創作）　5

序章　6
第一章　憂い転続　11
第二章　山裾の家にて　22
第三章　岐路昏迷　27
第四章　馭者老人と握り飯　34
第五章　余韻開運　38
第六章　下剋上　45
第七章　寝具店にて　53
第八章　家族総掛かりの商い　58
第九章　ホウポッポの旅立ち　78
第十章　慢性と緊急　81
第十一章　残され者の焦燥感　91
第十二章　戻り旅　103
第十三章　移ろう原点　115
第十四章　復活悲話　129
第十五章　小学校への道　146
第十六章　不条理混沌　157
第十七章　余滴風刺　168
第十八章　結びの詞　190

余情曲（随筆）　195

あとがき　251

ツタ小母チャンと村人たち

ツタ小母チャンと村人たち

序章

闖入者が去った後

イ　校長は、とっくに死んどるよ。
ろ　首つり？
ハ　後ろ打ち？
に　そんな簡単にお陀仏する御大《おんたい》でねえ。
ホ　狡かしこい奴やったもんな。

へ　偶にへまを遣らかしたけどな。
ト　否とんでもねえ、頭の切れる利巧者やったから。
ち　にっぽん負けるのを見抜いて、あのピカドンまっかあさと遊牝《つる》んで遁面《とんづら》。
リ　あの妾も一緒にな。
ぬ　太平洋のど真中の小さな島などで。
ル　赤毛猿を子分に、餓鬼大将振ってな。
を　南宮山麓の、朝倉寺の四男坊主が陸軍中佐にまで伸し上がった腕利きやもん。
ワ　小さな島の御殿で踏んぞり返とるやろ。
か　そう言えば学校の運動場での閲兵式では、校長の軍服姿が天皇陛下とそっくりやったな。
ヨ　お前は五十三歳の、退役伍長。
た　比べ物にならんわな。
レ　それにしても偉い中佐がどうして片田舎の校長になったんやろ?。
そ　俺《わい》たち時代遅れの田舎もんに焼きを入れるために違いねえ。
ツ　幼年学校の坊やたちを仕込んだように。国のため天皇陛下のためなら、イノチ惜しまず戦え、と言うことやろな。

ね　在郷軍人も国防婦人も青年学校も爺も婆も、銃剣で戦えとな。竹槍でもいいから敵を
殺せ、と言うことなんや。
ナ　まったく俺《おら》が村を掻き回しよった。
ら　それにしても、恐ろしかったな。
ム　目を光らせているのは駐在所の巡査だけで無いもんな。
う　わい等《ら》時代遅れの田舎もんに焼き入れようと目くじら立ててる奴も居てな。
ヰ　日和見もんや告げ口する不届きもんもいるしな。
の　明泉寺の彰元和尚のこともあるしな。
オ　何や、それ。
く　戦争は人間にとって罪悪と言うて、軍法会議で布教は疎か墨染めの衣さえ取り上げら
れたんや。
ヤ　役場の総務事務長さんも、そうやぞ。
ま　まっとうでねえ世の中になったもんや。
ケ　そんなに日本人同士で啀み合ってるから、戦争に負けたんや。
ふ　性悪の偉い奴が多すぎたからな。
コ　大事なものも仰山、失しのうたな。

え　それでもお天道様と土《どろ》が残っとる。
テ　元気な体と心もな。
あ　戦争で殺し合いした奴は、へたばっとるけどな。
サ　こっちは鍬と土と水で米《こめ》つくりや。喰うため、生きるためにな。
き　負けたから言うて仇討ちするほど、穢い真似はせんよ。
ユ　仇討ちは忠臣蔵とか曽我兄弟に任しておけばいいよ。
め　それより人殺しを平気でする戦争は、金輪際やめなくてはあかん。
ミ　そうや、あかん事するのは、天に向かって唾を吐くのと同じやで。
し　死にとう無かったら、足元の土を耕して種を蒔けばいい。
ヱ　いい事、言うじゃねえけ。
ひ　疎開していた絵描きさんから聞いたんや。
モ　何んだ彼んだ言うたって、種を蒔くのは儂《わし》ら百姓や。
せ　白根をおろし芽が出る喜びは、こたえられんな。
ズ　お天道さんの土のお蔭や。
ん　そうや、間違《ちげ》え無え。百姓、冥利に尽きる、と言うもんじゃ。

これらの放談は、一九四五（昭和二十）年八月十五日の敗戦後、日を追って放たれた軍政凶暴を綴った忘備記である。

第一章　憂い転続

遡って数十年前にも、凶暴怪奇な忘れられない出来事があった。

馬を売り買いするのが生業の博労《ばくろ》のことである。その博労が本業より儲けが多い、種付け商売に奔走し、それが興じて人間にも手を出したのである。狙われたのは十五歳の小娘と、兵役完了の生真面目な青年であった。

小字《こあざ》大高の慰霊寺で留守番をしていた小娘が、けったいな男に強迫誘拐され、めくら駕籠に押し込められたまま、前と後ろで掛け声を続ける舁ぎ屋によって運ばれたのである。途中で一服した時、博労の脅かす声がした。逃げたら殺《や》ってしまえ!!。駕籠の中で小娘が祈った。父《とう》ちゃん母《かあ》ちゃん助けて!!。小娘は、関ヶ原の鎮魂寺へ報恩講の手伝いに行っている父和尚と母の留守間に攫われたのであった。

駕籠から降ろされた時は日が暮れて薄暗かった。二人の舁ぎ屋に指示する博労の声がしていた。西の道で待っとれ!!

怯え慄く小娘は、表戸間口から小さな蠟燭の火の誘導で土間に足を入れた。上り框に近付くと、薄闇の右奥で戸を開ける音が響いた。すると殺意の利いた博労の声が矢走った。言うこと聞かんと殺すぞ!!。暗がりから一人の青年が現われ土間に跪き脅えた。博労の脅迫が続いた。座敷に案内しろ!! おめえの嫁さんを連れて来たのだ!!。南表の障子戸を透しての明かりで屋内の分別がつけられる。板の間から莫蓙筵の間に移る。仏壇の灯明つけろ、と博労が強制命令を下した。続けて博労が言った。仏壇の前で坐れ。そして小娘を青年とを並ばせ、懐中から一握りの紙包みを取り出した。さらに細長い竹筒も小脇から抜いた。そして促した。いいか良く聞け、これからお前ら二人の三三九度の契りをする。

言い終わらないうちに博労は、木製の小皿三枚を重ねて青年に持たせた。間を置かず竹筒を傾け白い濁り酒を注いだ。下戸の青年が戸惑っていると強い口調で促す。一気に飲むのじゃ!!。青年が目を瞑って飲み干すと又注ぐ。さらに三度目も白い酒を注いだ。けれども青年は飲めなかった。苛立った博労が残り酒を小娘に急かせると、手を震わせながら飲み干した。四度目の濁酒も小娘は飲んだので、さらに博労は竹筒を傾けて注いだ。するうち青年に睡魔が襲い四つ這いになって隣室の寝間へ入り、万年床に潜り込んだ。

小娘も舟を漕ぎ始め、仏壇の前で横たわって眠ってしまった。博労にとって予想通りの進行であった。直ちに博労は、小娘を両腕で抱きあげて運び、青年の横に添い寝させた。仏壇の灯明は油が切れたのか細火になっていた。さっそく小娘の未熟な女体を撫で摩すると、本能なのか両足を拡げた。その上に、掛け蒲団を剥ぎ取って、酔い潰れている青年を重ね載せた。さらに棍棒固くした一物を草叢の谷間に挿入させ、博労の趣味達成。瞬間小娘の極く短い辛痛の声が響く。青年の臀部振動激しく、でも直ぐに止った。小娘は急激な刺戟で失心し、青年も疲れて昏睡に陥った。満足したのは博労であった。あとは野となれ山となれの捨て鉢な心境。土間で脱いでおいた地下足袋を取りに行き、床板が軋る板の間と仏間を通って、南表の障子を開け庭土を踏んで、駕籠舁ぎが待つ西の道に出た。十数メートル離れた建物の一階では、蠟燭とカーバイトの明かりの中で、飲めや歌えのどんちゃん騒ぎとなっていた。

失心から目覚めた小娘の隣りで、酔い潰れた青年は、いまだに昏昏と眠っていた。十五歳の小娘も我が身に何が勃きたのか分からなかった。体中が混沌錯乱して整理も出来ず、失心の後遺傷だけが散らばっていた。さらに間仕切りの襖も表軒下の障子も開けっ放しになっているので、十余メートル離れた建物から聞こえる酔客の歌声や話声が入り交じって騒然としていて、小娘の後遺傷はますます深くなるばかりであった。

嗄れた大きな声が言った。私《わし》の息子が出征していて、訓練秀逸の廉で二階級特進の兵役短縮を受け、早く帰って来たから、皆さんに迷惑かけてしもうた。すると元気の良い初老の男の声が詫びを入れた。謝らなくていけんのは私《わし》大工棟梁として一切の責任はこっちにあるのや。本当に百蔵さん申し訳ありませんでした。続いて他の職人たちも仕事が捗らなかったのは戻り梅雨が思いのほか長かったから……とか、屋根瓦を葺くのに手間取ったとか、壁下地に塗った下塗りの乾き具合が悪かったとか、錻力《ぶりき》樋の付け方が良かったかなと心配したとか、それぞれに戻り梅雨の恨みを喋っていた。そこで建て主の百蔵が締め括った。とにかく棟梁と小字総代からそれぞれ薦被り酒樽を贈られたので、うんとこさ飲んで貰いたい。お願いします。

すでに宴の隅では猥談を肴に賑わっていた。夕飯と風呂が済めば用がないから蒲団に入って子作りする事になる、などと漏らす。それを耳にした建て主の百蔵が嗄れ声で言った。そんなことは天皇陛下も遣とる。と即座に金属の触れ合う音がして、威嚇厳かな警告をする声が飛んだ。黙れ無礼者!!　不謹慎罪なるぞ!!。それに返す声は嗄れていたけれど、怒鳴り付けて圧力があった。それが近衛士官への警告か!!　若造の不届き者めが、とっとと失せろ!!。

サーベルの金属音が去って行く方から、酔った声で、冗談まじりに言った。天皇陛下もおんなじことするんやって?!。ワァハッハ。

そのとき突然、金属音が踊り威厳逞しい警告の声がした。黙れ!! 不謹慎なるぞ。張りのある声だった。このサーベルが目に入らんか!!。透かさずまたも嗄れ声が怒鳴り返した。耳が遠いのか若造め。後ろ討ちされたいのか!! とっとと失せろ!! 言い返す声はなかった。

藁葺の寝間で酒宴の騒ぎに聞き耳を立てていた小娘は、恐れ慄きながらも意を決していた。この家は物の怪に憑かれるような隙があるに違いない。悪趣味を弄ぶ博労が侵入したり、傲慢威圧な巡査と近衛士官との挑みあい。物の怪の泥沼に蹲み込んでは溺れてしまう。這い上がり抜け出さねばならない、走らなくてはならない。小娘は焦った。逸る早鐘が打ち始めた時、折しも添い寝の青年花婿がいきなり立ち上がり間仕切り障子をあけて勝手の間へ進み、土間に下りた。裏戸間口の開く音がしたから、便所へ行ったに違いなかった。酒宴で賑やかな離れからの蠟燭やカーバイトの明かりが、藁屋の表戸間口と南の間の硝子戸を透して幽に明るく、物の怪の泥沼から抜け出ようとしている小娘は、辛うじて物の判別がつけられた。

花婿の雪隠《せっちん》行きは思いのほか長かった。一人になった小娘は、薄暗い中で手探りしながら周りの衣類を寄せ集め、細長く巻いて蒲団を被せた。大高慰霊寺で育てて呉れた母ちゃ《かあ》んが留守にする時は寝ている人が居るように見せかけて置く、と教えてくれたのを思いだしたからである。花婿が用足しに行って居る間隙を縫っての早技であった。女物の寝間着と襦袢にも袖を通した。裾捲りしながら仏間を横切り、雨戸用の敷居から縁先におりた。両足は、足袋跣《たびはだし》だった。

酒宴の離れ屋からの零れ灯を頼りに、右斜いに歩を進め、生垣のあいだの門口を出て西の道を左に向かって急ぐ。初夜脱出の闇がり歩行の門出だった。酔客の唄声が、夏でも寒い／白足袋添えてヨイヨイヨイ、と歌っていた。

小娘は小走りに駈けた。暗闇の道を幽かに白い足袋跣が交互に忙しく運ばれて行く。ものの幾メートル歩いた処で爪先が小石を蹴り、立ち止まって手探りすると石垣に触れた。暗闇なので目を瞑ったのと変わらない感触だった。それでも、そこが三叉路で右足上がりの緩い坂道になっていて小石が多く、雨水の流れた跡であるのを、足袋跣で感じとれた。

小娘は三叉路を右への道に向かった。勘を頼りの選択ではあったが、騙され攫《さら》われた慰霊寺の方角は西南であったと推定したからであった。それでいて道順が分かっているのではなかった。ただ樹木の黒い塊と角張った建物の黒い形の影が夜空を区切っているのが道標となった。

途中で肥溜めがあるらしく、極めて強い悪臭を嗅いだ。集落の小路は右折左曲の繰り返しで曲がるたびに、悪漢博労と駕籠昇が待ち伏せしているような気がして、小娘は落ち着かなかった。変らず早足で歩を移した。するうち右に折れた小路を少し歩くと、手摺りのない板張りの橋に出交した。渡り終わると左手に拳大の黒い塊が二つ三つ重なって見えた。小石まじりの小路を歩いて来たから、足の裏に痛みを感じ、板張りの上では却って痛みが倍加した。

けれども小橋を渡って直ぐ左に折れ、草生す細路に移ると痛みが和らいだ。黒い塊に見えたのは立ち木で、竹竿が渡されていて稲《はさ》掛けになっていた。小娘が両脇で竹竿を抱え、踵を持ち上げて一息いれると楽になった。木立ちの根本に流れ行く川水の音がしていた。

川水の流れに添って、小娘は草路を歩いた。暗闇のなか白い足袋跣が勢いを取り戻し、早足で歩を進めた。拡がった満天の星空に、尾を引いて走る流星の神速と流水の音との合奏曲が、小娘の肝を大きくした。芝草の土手を進む小娘の歩調が弾んで行く。

川水の流れる音が左に折れ、そこから流れる音がゆるく大きく湾曲して伸びる。小娘は途中から、流れの音から離れて南へ歩く。小路が跡切れ草生す叢の中に這入ってしまった。足袋跣が草群れを踏み倒し、自ら進む道を拓いて進んだ。そして少時あるいたとき、右側に角張った物影が、暗闇の中に薄ぼんやりと浮いているのが見えた。黒く平たい横の線が、満天の星空を遮っていて、その端には高くて黒い塔に続き、角張った箱かと思える黒い塊が居据わっている。

幼いころ大高の慰霊寺での葬式のあと、野辺送りで墓場《さんまい》まで練って、和尚の誦経のもと火葬されたのを小娘は思い出した。耐火煉瓦ずくめの火葬爐と煙突から荼毘の黒い煙が立ち上っていた。和尚父《とう》ちゃんと奥方の母《かあ》ちゃんが説明して呉れた。もちろん幼な児には何がなんだか分からなかった。今となれば、死の恐怖で思い出したくなかった。

火葬場を通り過ぎて叢に這入ると、背丈ほどに高い角柱の黒い影が、無数に立ち散らばり、暗闇の夜景の中で浮いていた。その一つを小娘が指で触わると墓石であった。墓地を通り過ぎて再び叢に入ると、小娘は足を取られ前屈みに倒れて滑り落ちた。急斜面の叢であったのだ。でも体に怪我はなかった。薙ぎ倒した草の上で立ち上がると、すぐ前は田圃の畔道であった。

暫く歩くと田圃の角だった。畔道を右に折れた小娘の背中がわずかに明るくなった。東の空遠く、東雲が見る見るうちに明るさを増し、大きな茜色の太陽が頭を覗かせて輝き煌く。小娘の絣模様の背中に陽の光が届き一段と明るくなった。畔道に沿って繁る竹藪の葉の群れも、風がないのに曙光を浴びてきらきらと光る。小娘の足袋跣も光に恵まれて益益調子よく運ばれて行く。

ところがどうした事なのか竹藪の切れ目から見える幅の広い相川が、濁流激しく高波打つ音を轟かせながら荒れ狂い流れて行く光景を小娘が見たのである。かなり以前に、慰霊寺の和尚が数年に一度は鉄砲水が急激に来る、と教えて呉れた事を思い出し、今度は逃げの早足となっていた。小娘は竹藪沿いの畔道を急いで歩いた。

畔田を六枚ほど進むと小さい石段に突き当たり、奇しくも見覚えのある幅の広い道路に出た。左には激流の相川に架かる鉄橋が、大きな弓形の橋桁を描いて道路を吊っている。右への道は村社伊富岐神社に繋がり、斜交い右への小路を辿れば大高の慰霊寺に着ける。けれど悪漢博労と駕籠舁きが待ち構えているような気がするので、礑《はた》と立ち止まった。

十五歳の小娘が選んだのは左への道だった。大橋を通り切ると、鉄道線路の踏み切りがあり、続いて横たわる途轍もない大通りがあった。父和尚が教えて呉れた中山道であった。鉄道線路は国鉄東海道本線とかで、遠出の時は上りも下りもどちらも使わねばならないと教わった。相川の竹林と踏切りに面した田圃は父和尚が耕作していて、子供ながらに手伝った事を思い出した。

それから、和尚夫婦の長女が慰霊寺で産気付いて、産婆さんを迎えに行った事もあった。雪の深い道を二回も往復したので、小娘はよく覚えていた。今となっては、その産婆さんに助けを求める以外に術がなかった。ところが差し迫って中山道を横切るだけでも至難のことだった。周到雨具や草鞋を身につけた旅人の行き来するのも気になるし、駆け急ぐ荷物満載の馬車や土埃をあげて走る駆動車などで小娘の足が竦んでしまう。

眠らずに歩き通し足袋跣の白い足が痛む小娘には砂利敷きの中山道を横切ることは至難のわざだった。ようやくにして蒲鉾床の大道を越えた小娘は、産婆宅への入り口が見付からなかった。撥ね飛ばされた砂利を踏むので足の裏が痛み、それでも繰り返し往き来してようやく入り口を見付けた。

雑草と細木林の間に踏み付け小路があって、朽ちた厚板に産婆処と記した標識があった。少しずれた別の看板には白いペンキ文字で、助産婦在所とあった。爪先あがりの踏み付け路を少し登ると、斜交い左に石段があって、その上には風流な硝子戸の玄関と茶色い瓦屋根の建物が小娘の目に止った。以前と変わらず木造の家だった。

精根尽き果てた小娘は、石段の左角を踏み外し、大きく横倒しに転落し、ブリキの波板の上にころがった。大きな音が響き、小娘は失心した。間を置いて玄関の硝子戸があき、四十半ばの女性が顔を出した。様子を察して素早く階段横に走り下り、小娘の顔を覗き込んだ。そして転倒している小娘の頰を指先で叩き、叫んだ。

タツちゃん、タツちゃんで無いの?! 私《わて》覚えとるわ。雪深い日に慰霊寺から呼びに来て呉れたもん。それにしても、どうしたのよ!! タツちゃん。お願いやから目を開けてよ!!。

暫くするとタツちゃんの指が動き、腕も微動した。そして薄目を開け唇も震えた。声にならなかったけれど、相手を認めた様子であった。

十五歳の小娘タツは、片腕を支えられながら、玄関から客間に導かれ、皮張りの長椅子に寝かされると、さっそく手当てを受けた。助産婦の応急処置は手際よく、大柄な体を松葉杖で支えながらも、産婆の老母が手伝った。

第二章　山裾の家にて

タツの足袋は血と泥で染まり、脱がすのが容易でなかった。その足の裏は赤く腫れて化膿寸前の情態であった。産婆の老母と娘の助産婦が精魂こめて看護した。蒸しタオルでタツの体を拭いたり、昔の着物を出して着せたりした。ことに老母は重湯と薬草湯でタツの健康を保持させた。助産婦も妊婦の家へ自転車で走ったり、慰霊寺とその三軒隣りの檀家総代の家を訪ねて、タツの誘拐事件について詳しく聞き出したりしていた。

タツは四日間臥せていた。

五日目の夜、まったく元気になったタツが普通の食事で、老母と助産婦と三人食卓を囲んで回復祝いが成された。助産婦が大垣の百貨店で買って来た鮪の切り身の馳走もあった。それに柔らか目の赤飯を祝いの象徴としていた。三人とも御機嫌だった。祝う側の二人は互いに細心の看護を褒め、雰囲気を盛り上げた。

先ず娘の助産婦が老母を持ち上げた。重湯や薬草湯を一匙ずつ唇を湿らせる程度に運んでの心遣いは、全く恩に着せていい表彰ものよ。それに答えて老母は娘の助産婦を褒めた。気配りと言えば、あの悪漢博労が慰霊寺や三軒隣りの檀家総代とか、足を伸ばして関ヶ原の鎮霊寺などに近寄せない予防線を張った知恵は流石!! 天晴れやった!!。こうして身内賞讃の回復祝であった。最後に助産婦が終止符を打った。タツちゃんは誰れが来ても顔を出さないこと。それに一層思い切って名前も変えるといいわ。タツを逆様にしてツタ、高岡ツタ、運が開けそうやないの!!

元気になった高岡ツタは、顔色もよくなって若さを取り戻した。身動きの不自由な老母の勝手仕事を手伝ったり、手揉み洗濯や炭火アイロンで皺を伸ばしたりした。また松葉杖を頼りに、山の裾に広がる雑木林の細道を散策する老母のお供をした。そうした暮らしの合間に老母はよく喋った。ことに久しく会っていない老夫のことは思い詰めたほどに多弁となった。

あの人は旅行するのが大好きで、日本中を股に掛けて歩き回ってござる。お足のほうは出版社からの前借りで、地方に残っている昔話の裏話なんかを本にする予定とか聞いた事があるわよ。何んせ根が臍曲がりやから、考え方が違っているの。例えば二刀流で有名な宮本武蔵は、関ヶ原合戦に参加したと言われているけど、あの二刀流とは槍鉋《やりがんな》と毛筆を振り回して、この山裾に逃げたと力説するのが得意な人やった。

そう言えば、この山裾近辺の土地は出版社の敷地とか聞いているから、もしかすると私《うち》らは追い出されるかも知れん。そんなとき慌て不為いていては埒明かん。どっしりと腰を据えておればびくつかんでもいい。早い話が私《うち》ら三人同じ態度を見せれば、相手は怖けて尻尾を巻くはず。因に見ての通り私《わて》ら二人が、藍染めのもんぺ上下を着ているから産婆業が不動でいられる。そこへツタちゃんが加われば一層強くなるのや。いま助産婦学園を造ることに頑張っている娘も、同じもんぺ上下を作っているから鬼に金棒と言うところなの。そのうえ娘の旦那は大垣の高岡建設で監督しとるし、その娘つまり私《うち》の孫娘は市立病院で看護婦となって働いとる。高岡一家万歳や!! ツタちゃんの開運間違いなしや。お互いに頑張ろうな!!。


老母は滔滔と喋った。

藍染めの反物は、結城から届いた唯一無比の、老夫の贈り物でな。それを裁断して四着のもんぺを縫ったのや。今私《うち》が着とるのはご覧の通り、見映えも良く働きやすいわ。小柄なツタちゃんのぶんは、助産婦の娘が作っとる最中で、出来あがれば藍染めの三羽鴉となって羽撃けば限りなく飛び回れる。

けれどもイノチを継続させる壁に突き当った。ツタが十六歳になり、三羽鴉が掘り炬燵に足を入れて出産の問題を話し合っている折だった。ツタの月のものが無くなって七ヵ月目となり、深刻な状態になっていたのである。もちろん博労の種つけ趣味の結果であった。本人は産みたくないと主張するが、産婆業専門の二人は思い直すよう促す。人口掻爬するには設備も技術もないし、何より産婦も胎児ももろとも私《うち》らの手から離れて旅立つことになると言うのであった。つまるところツタは、産むことに同意させられたのである。

そんな折りも折り、玄関で男の声がした。急いで娘助産婦が出て迎えると、見知らぬ中年男が外で立ったまま、自己紹介をした。俺《わし》は山瀬九郎次と申して、高岡君とは大垣工業学校で同期生でした。俺《わし》は建築科やったけど、住いは養老の滝近くだから帰るときは大垣回りで夕方になります。今では彼も高岡土建の総監督だけど、こちらは国鉄職員として、新しい迂回線造りの測量仕事。大垣駅から西へ関ヶ原駅にかけて、山襞根っ子を刳り貫く突貫工事をするため、陸軍省の肝煎で軍事機密のもと休む暇もなく、今日ようやく測量が終わったのです。ふと高岡君の妻君がご座ると言う山裾の家を思い出し、突然でしたが立ち寄らせて貰った次第。

でも、ここに立ち寄っただけで軍事機密に触れたのだから、解任どころか懲罰をうける事になります。いえ心配なさらないで結構。名前と姿を変えて雲隠れする術《て》を心得ていますから。誰にも言わないで下さい、よろしく。

第三章　岐路昏迷

十六歳の妊婦ツタが産気付き、産婆の老母と助産婦に見守られて出産した。思いのほか安産だった。老母の手で産湯を使わせ、産みの母ツタに添わせて初対面となった。赤い皮膚と皺の塊を見たツタはいきなり、こんな子育てられん!! と言い即座に気絶した。呆気にとられた老母と助産婦は、視線を交しながら声がなかった。ほんとうに育てられないのと助産婦が囁く。ツタは小さく顎を縦に振り直にまた失心した。

助産婦は慌てて家から飛び出し、中山道を横切って鉄道線路を渡り、鉄橋の端を左に折れて走った。小路を三回曲って目的の家に着いた。刃物磨ぎで生計を立てている爺さんの家だった。爺さんは若いころ飛脚業をしていて世間が広く彼方此方の噂話に耳聡いのである。いつか今須集落の役場職員が子供に恵まれず里子を望んでいる事を小耳に挟んでいた。又聞きしていた助産婦が、その飛脚爺さんに相談したいので駆け込んで来たのであった。

郵便屋さんより早いと評判の飛脚爺さんがその日の夕方近く山裾の家に訪れた。応待した助産婦は立ち竦んでしまった。さらに驚くことに、紫袱紗で包んだ分厚い熨斗袋を差し出したのである。里子に出す親も、受け入れる里親もお互いに顔を見せない方が良いとの判断で、飛脚爺さんが赤子を迎えに来たと言う。里親夫妻は下の中山道の端で、乗客用の馬車を使って来て、小さな絹蒲団と産着などを揃え、待っているとのこと。大変な指名を受けた飛脚爺さんは、緊張のあまり声が震えていた。

こうしてツタが産んだ赤子は、里子として門出したのである。

ほっとしたのか、大きな衝撃を受けてのせいなのかツタは二日間眠り続けた。ようやくにして、藍染め三羽鴉は安泰な生活に戻れそうだった。長く伸びたツタの髪を、老母や助産婦と同じように短く切り揃え、お河童髪にしたのだから、意気投合した形となったのである。

ところが一週間ほど経った或る日突然、大垣市立病院の自動車が、老母を迎えに来たのである。孫が看護婦として働いているので、特薦手続きの計らいのもと、完全看護の個室で余生を全う出来るとの事。婿養子の高岡晴彦も建築業と併せて意気揚揚。まして助産婦の女房も助産婦養成学園を造ると意気込んでいるから天下一品も夢ではないのだ。すくなくとも喜怒哀楽の一角は護れると楽観しているのである。

日を置いて、山裾の家に一通の督促状が届いたけれども、残されていた藍染め河童髪の二人は動揺しなかった。督促状は出版社からの戒告で、旅好きの老夫が前借りして未払いとなっている民話調査費全額、貴殿の建物を抵当権を以って期日内に明け渡す事を要請するとあった。来るものが来たと乾いた気持ちで解した助産婦は、早速明け渡しに応じる事とした。すでに大垣の夫も手筈を踏んでいて、明け渡しの当日家具類一切をトラックで取りに行くと認めたハガキが届いていた。


日用品の小物だけを手提げ袋につめて、助産婦と十七歳のツタは、山裾の家を出た。出版社に家を明け渡す日なので、朝早く出発した。未練が残らなく、振り向いて見返る事もしなかった。

中山道を東に向かって歩く。母と娘ほどの年齢差があるのに、ツタは遅れ勝ちだった。この道は、と助産婦が言った。通い慣れているのよ。自転車で垂井駅まで走り、汽車で二〇分もすれば大垣駅に着いて私《うち》の人に逢えるの。するとツタが茶化した。ご馳走さま!!。

中山道に沿って鉄道線路と相川が並行して走っている。中山道の左右には幹の赤い松並木が浮世絵を彷彿させる風景となって続く。広い山麓を隔てて小高い南宮山が居座る。途中トラックが車寄せして来て身を交わそうとした。でも車が急停車して声を掛けられた。窓から顔を出した運転手は、大垣の高岡土建で監督をしている夫の旧友、いつか山裾の家を訪ねてきた測量士であった。頭を剃り上げ灰色の鉢巻きを締めていた。名前も変えたと言う。そして一緒に乗らないかと誘った。隣に年配の人夫が乗っていた。実はこれから山裾の家へ、家具一切を取りに行く所なのだと言う。助産婦が散歩を楽しんでいるからと断った。トラックはすんなり走り去った。

民家が散在するようになった。鉄道線路と相川とも離れ、気紛れな散歩の二人は左へ折れて小路へ入った。南宮山が近付き樹林の森で鳥の鳴く声がしていた。左側の広大な敷地には幾十棟も建ち並んだ工場があって、岡本自転車の看板がひときわ目立って見えた。歩くにつれて小さく区切った田畑が続き、するうち松林に囲まれた広場に出た。運動会とか競輪大会とかで使うらしい、と言葉少なに助産婦が説明した。馬の売り買いをする博労も使うと言いかけたが、助産婦は別の話に切り替えた。山の麓に聳え立つ朱色の三重の塔は、朝倉寺と説明してから黙ってしまった。ツタも同じなのだが朝食抜きなので、喋る気力も衰えたのである。

広場への入り口を横切り、細路の急坂を下ると田圃の畦道に出た。稲田の苅り取った根株から新芽が出ていて珍しいものを見たけれど、口に出して喋る気力もなく、唾液も乾いてしまっていた。

曲りくねった畦道を幾つも折れると、水量ゆたかな小川となり、まもなく左側には瓦屋根の民家が二軒ならんでいて、庭木の枝間に白い障子が見えた。さらに右側の水量ゆたかな小川には、朱色の反り橋が架かっていて、際に南宮大社裏口と記した立て札があった。左側に民家が続き、剪定の行き届いた庭木の豪邸が三軒あって、食べ物屋らしい店は見当たらなかった。

豪邸の角の東は道路になっていた。大きなペンキの文字で大社参道とあり、赤い矢印が右を指していた。そして暗渠になっている小川の上を通り越えると、店店が数十軒ならび派手な看板が目白押しに掲げてあった。果物屋、中華そば屋、みやげ物屋、天丼屋、生そば屋等等。ところが朝が早いので何の店も開けていなかった。助産婦もツタもますます不機嫌になり、言葉もなくなった。

商店街の向かいは参道を挟んで白石を敷き詰めた松林になっていて、朱塗りの神殿が枝間に見える。そして商店街の突き当りは、こんもりと茂った森になっていて、村立宮代小学校と掲げた高い石垣となっていた。藍染めもんぺに河童髪の二人は、空腹で苛立ち無闇矢鱈に歩いた。学校の高い石垣に沿って延びる道は隣村の集落に通じ、石垣の角の奥には、杉の巨木が太い枝を広げ、胡座をかいた形の根っ子が苔生して小路を遮り鬱蒼としていた。

お河童髪の二人は、開き直って好奇心に切り替え、道なき道に足を踏み入れた。その姿を見ていた一人の老婆がいた。

苔生す胡座根っ子を越えると、路が急に広くなっていて、左側の掘っ立て小屋のような古い家の前で老婆が、二人を眺めていたのである。助産婦は好奇心で、このあたりに食べ物の店はありませんかと声を掛けると、老婆は言葉なく家の中に這入った。間もなく姿を見せた老婆は、緑の葉蘭で包んだ握り飯を差し出した。二包みで四つの握り飯はずしりと重かった。値段を聞くと途轍もなく高かった。助産婦は戸惑ったが、背に腹は代えられず、渋渋代金を支払った。

すぐに背を見せた老婆は、再び家の中に入り、やがて重そうな荷物を抱えて現われた。ツタは押し売りされるのではないかと按じたが、うしろに爺さんが居て、藁で編んだネコダの荷を受け取り、河童髪の二人に見向きもせず通り過ぎた。日焼けして赤黒い顔の爺さんは体格が良く、背負ったネコダとは別に太い竹筒の湯茶入れを片手に下げていた。

振り向いた爺さんが声を掛けてきた。お前《めえ》さんら二人は瓜二つやな。姉妹《きょうだい》か親子か知らんけど、仲仲の別嬪さんや。煽てられた二人は肩を窄めて、くすっと笑った。食べ物を手に入れたせいなのか、表情が明るくなっていた。

ゆっくり歩きながら爺さんが喋った。問わず語りに自己紹介を始めた。俺《わし》もな子供九人つくったけど、伝染病で四人逝ってしもうた。残った長女は大社前で旦那と中華そば屋をやっとるし、次男は表佐村で百姓しとる。その米を買い取って、婆さんは握り飯を作り、その握り飯を長女が中華そば屋で、一膳飯にして客に食べてもらっとる。婆さんとて俺《わし》から毎日飯代を取ってる欲張りなんや。でもなそのお蔭で俺《わし》は何十倍もの日銭をポッケに入れるのじゃ。銭のことをオアシと言うけどな、足が速いほど儲けが多くなる。笑いが止まらん。オアシとは良く言ったもんじゃ。

さらに爺さんは、日焼けした頭に唐草模様の手拭いで鉢巻き締め、掠れた声で喋った。二人の別嬪さんよ、買《こう》て呉れた婆さんの握り飯を、何時どこで食べるつもりなんや。ゆっくり食べるのなら俺《わし》の荷馬車の上がいいと思うけど良かったら乗っていかんか!!　少し先の別れ道の左方に、俺《わし》の荷馬車が停っとる。ほら見えるやろ!!　俺《わし》の声聞いて馬が嘶いたよ!!。

第四章　馭者老人と握り飯

荷馬車の持ち主、馭者爺さんに河童髪の二人が連れて行かれた荷台には、すでに積み荷がいっぱいで乗りこむ余地がなさそうに見えた。

それでも爺さんは、荷台の前の馭者台にあがり、背負っていたネコダを外すと足もとに置いた。そして藍染めもんぺの二人に、荷台へあがるよう催促した。二人はまごついた。

荷台には高さ六尺の瓢箪の形をした繭籠《まゆ》が六箇も並び、それらの間には棒状に巻いた蒲団がぎっしり積まれていた。人が乗れる余地はなかった。けれども藍染もんぺの戸惑いを、馭者爺さんは許さなかった。繭籠の谷間に棒蒲団を三本横倒しにして並べ、二人の坐椅子と食台とした。空き腹の二人は直ぐに葉蘭で包んだ握り飯を出したのだが、その大きいのに驚いた。五本の指では持ち上げられず、ツタは両掌で持ってぱくついた。空腹のあまり急いで口に入れたので、喉が詰って咳込んだ。あわや泣きべそをかくかに見えた。

見兼ねた馭者の爺さんが、足もとの竹筒から竹製の湯呑に湯茶を注ぎ入れ、ツタに手渡した。そして告げた。食べたり飲んだりするときは、ゆっくりと味合う事や、急《せ》いてはあかん。しくじっては、喉仏が泣くぞ!!。

湯茶を飲んだツタは落ち着き、特大の握り飯を半分残した。すると隣の助産婦が自省した。大きなのを四つも買ったもんな、持て余すわよね。爺ちゃん婆ちゃんには敵わん!!ツタも明るい声で言った。残りはお昼と夕飯にいただくわ!!。

それはいい事や、と馭者爺さんが褒め、続けて説明した。馬もな飼葉の量を加減して、ゆっくり食べさせないと病気になって早死にする。馬には胃袋がないからな。その代わり腸が二十五メートルと長いのじゃ。それで熟《こな》しがいいから、馬糞が乾いとる。牛のようにべたついてねえ。馬は足が速いし道順もちゃんと覚えてる利口もんじゃ。長いこと面倒みてると可愛くなる。焦げ茶色しとるから茶焦《チャコ》と名前つけとるのや。俺《わし》にとっては宝そのものやよ!!　昨日《きんの》やかて、大垣北の美濃赤坂から青墓青野、府中の梅谷、岩手村の大石川原、そして伊吹、大高、関ヶ原と走り回って呉れたチャコなんや。荷台に積んでる六つの籠の中の繭も古蒲団も、きのう一日がかりの仕事なのじゃ。よく走って呉れたよ。

馭者爺さんの愛馬チャコの自慢話は尽きなかった。そんな話声を余所にして、繭籠の谷間でツタは棒巻きの古蒲団を背にして寝入っていたし、助産婦も腹を満たした安堵感から、転寝していた。それでも馭者爺さんは、自慢話を続けていた。

俺《わし》は、婆さんがいた荒家から、チャコが待っていた荷馬車まで、二人の別嬪さんに見蕩れて、右側の倉庫のことを話さなかったけど、あの錆びたトタン板の倉庫はチャコの厩でもあるし、荷馬車の車宿でもあるのじゃ。時には雨漏りして、折角預り受けた籠の中の藺や打ち直しの古蒲団も台無しになってしまう。慌てて渋塗りの莫蓙を被せるけど間に合わんこともある。チャコも敷き藁が濡れて、足をたたんで眠れへん。昼間走り回って疲れてるのにな。

そんで思い切って倉庫を建て替える事にしたのじゃ。おい!! 別嬪さんよ、見てくれ。俺《わし》も夢中になって喋ってたけど、聞き耳立ててたチャコも倉庫建て替えで嬉しくなったのか、いつの間にか走り出していたよ。右うしろに見える小高い南宮山も雲を吹き飛ばして、美しい姿を見せて呉れているよ。

そのせいもあって倉庫建て替えは工事準備が順調に進んでいて、測量する人が来たり、建築会社の偉いさんが来たりしてな。俺《わし》は仕事で留守していたけど、婆さんが受け取った名刺には、大垣建設会社総合取締役・高岡晴彦とあったな。うろ覚えやけど間違えねえ。

そのとき助産婦が急に立ち上がり、寝惚眼で小声で言った。その高岡晴彦は私《うち》の主人なのよ!!。うしろを振り向いた馭者爺さんが語気強く口走った。冗談言うな!! 嘘は休み休み言え!!。助産婦はうろたえた。すると、いつの間にか目を覚ましていたツタが断言した。

嘘でないです。私《うち》が証人になります!!。

チャコが走りながら一声嘶いた。

第五章　余韻開運

　気分が休まったところで、駁者台の爺さんは呟いた。あれこれ喋っているうちに、高田大橋を渡ってしもうた。爺さんは安堵して大橋を越えた所で馬車を止めようとしたが、思い止まった。あと六キロも走れば下笠の古蒲団取次店なので、休まずに行く事にした。後ろの荷台では藍染めもんぺの二人が話し合っていた。今日は気楽な気持ちで歩き始めたけれど、思い掛けない馬車行楽になってしもうたね、と助産婦の声。対するツタが言った。腹ぺこの辛さと満腹の喜びを味わえたのは良い思い出となったな!!。それに助産婦が付け加えた。お握りの残りが沢山あるから、ゆっくり大垣まで散歩するとか養老電車で行楽を締め括るのもいいわね。

　下笠の蒲団綿打ち直し取次店に着くと、ツタは別の経験をする事になった。

　下笠の取次店は瓦葺き平屋の民家だった。駁者爺さんは庭先で荷馬車を駐め、井戸水を貰ってチャコに与え、荷台の下から出した飼葉入りの樋も愛馬に呉れていた。そして軒下の縁側で、握り飯の包みを開いた。助産婦とツタも腰をおろし、大きな握り飯の残りにぱくついた。

若い上さんが、緑茶入りの急須と三箇の湯呑み茶碗を運んで来た。皿に盛った沢庵も出された。背には赤児をおんぶし、もう一人の付き纏う幼児の面倒を見ながら、来客と接し続けていた。駅者爺さんの問い掛けにも素直に答えていた。旦那は養老電鉄の運転手で、一昼夜交替の勤務である事などを話した。

さらに上さんは見掛けより若く二十歳になったばかりと言う。ツタは三歳年下とは言え自慢の出来る宝物って有るのだろうかと自戒した。わけても自分の手で育て上げた子宝は何一つ無いことに気がつき意気消沈。お握りの残りに手を付ける気力も湧かなかった。ところが妙なことに何かを掴み、目覚めたように思った。上さんが持ち出す棒巻きの古蒲団を荷台まで運ぶのを手伝ったり、母親に付き纏う幼児をあやしたりした。助産婦は不思議そうな目で見ていた。

棒巻きした古蒲団の九本を上積みすると、上さんが手間代と取り次ぎ代金を駅者爺さんに手渡し、桑の実羊羹を河童髪の二人に呉れた。

荷台が満杯になって河童髪の二人が荷台に乗る余裕はなかった。二人は駅者台の両端で爺さんを挟んで腰掛け、爺さんが背負うネコダに掴まって荷車の揺れに耐えた。三十分ほどで着くから我慢して呉れと爺さんが気を遣う。そして爺さんが説明した。

これから行く集落一色の、蒲団綿打ち直し工房は鉄骨仕立ての二階建てで、元は養蚕試験所であったのを、今の工房処長が買い取ったのや。俺《わし》は試験所のころから運び屋として出入りしていたので、養蚕で儲けて大垣の製糸工場に移ったその工場に、荷台の繭籠の中味を納めるようになったのや!!

鉄骨造りの持ち主は変わったけどな、お蔭で今度は綿の打ち直しで、古蒲団を持ち込み、運びの手間代を貰って稼ぐのや!!

と言うことで、いま走っとる桑畠の道を、もう少し行って右に折れると、やっぱり桑畑の間の道を走り、その工房東正面に辿りつく。建物の奥まった所に半地下へくだる坂道があってな。チャコを曳き梶棒をつけたまま後ろ下がりさせるから嫌がるけど、仕方ねえわな。もちろん、その前に別嬪さん二人を馭者台から下ろして、便所へでも行って貰うのやけど、坂道で馬車を止めると、こんどは大柄な中年男が乗り込んで、荷台から棒巻きの古蒲団を両手で放り投げる。五十本近い棒巻き蒲団やから骨が折れるわな。

棒巻きを受け取った繋ぎの作業服の初老男が即座に棒巻き蒲団を切り開き、待ち構えていた女工員二人が手早く蒲団の皮と綿を分別する。

棒巻き蒲団を全部おろした荷馬車が、工房東正面の入口に戻ると、助産婦だけが乗り込んだ。

そのころツタは、工房棟とは別室の従業員食堂にいた。細身で断髪の知的な顔立ちの中年女性に誘われ、馭者爺さんや蒲団の事などを話していた。中年女性は綿打ち直し工房処の副処長で、以前から働き手の娘さんがいたら連れて来て欲しいと頼んでおいたのを、御者爺さんは全く忘れていたのである。けれども工房東入口で副処長がツタを一目見ただけで気に入ってしまい、てっきり爺さんが連れて来たものと早合点し、便所から出てきた助産婦に挨拶さえしたのだった。そのとき助産婦は渡りに船とばかりに、大きな握り飯の残りと紫袱紗で包んだ分厚い熨斗袋を渡し、丁寧に挨拶をした。

話が前後するけれども、大きな握り飯二箇は食堂での引き換え券となったし、紫袱紗の熨斗袋は階段下の奥行きのある小さな抽斗に入れた。銭湯の下駄箱に似ているけれど、と副処長が説明した。表の番号札を抜き取ると鍵が掛かる仕組になっていて、大切なものを仕舞って置けるのよ。お給金もその抽斗に入れられ事務室長によって管理されるわよ。

抽斗は全部で四十六箇並んでいて、あなたの鍵番号は14なの。ちゃんと覚えて置いてね。その木札を抜いたら事務室長に預けると、専用の金庫に入れて保管されるから大丈夫。保証つきだわ。

ツタが紫袱紗の中を覗くと熨斗袋と三つ折りの皮の財布があって沢山の小銭が入ってい

らしく重かった。山裾の家で老母が使っていた古い皮財布であった。

翌朝ツタは仕事に就いた。

一階の中ほどで、すでに蒲団皮を剥がされている固めの綿を弓打ち道具で、打ち解く作業だった。竹を平たく剥いだ弓の両端に麻紐の紘を張った用具で、板状の厚い古綿を弾く。麻紐の紘を強く打ち続けると解かれた綿が重なって層を作る。作業は二人がそれぞれの弓の端を握って打ち続ける。相棒の力加減によって打ち出された綿の層が厚くなったり細くなったりする。呼吸を合わせるのがコツのようだった。ツタの相棒は古参で大柄な婆さんなので、どうしても打ち出した綿の層が不揃いになった。それでも副処長も繋ぎの作業服姿の処長も筋がいいと褒めていた。その日の夕方ちかくには、相棒と呼吸を合わせられるようになったけれど、右手の指と掌が赤く腫れて痛かった。

三日目の相棒は小学校を出たばかりの少女で、ツタは力加減をしなければならなかった。もちろん右手の痛みは変わらず、布切れを巻いて耐えた。このような二人一組の弓打ちは、一階だけでも四組がいた。蒲団皮の洗い張りとか縫い合わせの組もいたが、誰もが姉さん被りをしていて、手際よく穏やかな雰囲気だった。それと言うのも、ほとんどの組は厚手の帽子とかタオル地で髪を包み、さらに手拭いで鼻と口を塞いでいるので、雰囲気は明るさを欠いている。何となれば弓打つ綿埃と、床板を叩く弓端の音で騒然としているからである。

ツタの相棒には代わる代わる特徴のある人がいた。足の不自由な人、耳が遠く聞き取れない人、言葉の話せない人、少女や老婆。いずれもツタが仕事を教える側で、四苦八苦の体験であった。

六ヵ月経った或る日、ツタの仕事場が二階に移った。作業の種類も多く、それぞれの作業場は折り畳める低い厚紙で間仕切りされている。全体に天井は三角屋根仕立てで、雨水を霧にして綿埃を圧さえる仕組みとなっているので二階全体が快く働けた。仕上げ綿打ちも弓の絃が二本になっていて綿埃が少なく、床板を叩く音さえ殆どない。ツタは二階の仕事場で働けることを快く思っていた。仕事の種類は、仕上げ綿打ちから袋状の蒲団皮の縁縫い作業などと移った。そして究竟の仕事場が、掛け蒲団を完全に仕上げる作業だった。相棒は初老の女性で経験豊かであったが重度の吃り症。教えを受けるツタは、掛け蒲団の作り方を習得するのに難儀しなければならなかった。それでも、どうにかこうにか掛け蒲団を二枚仕上げることが出来た。ところが或る日馭者爺さんが、思いがけない仕事を預かって来たのである。

馭者爺さんから受け取った副処長が、その赤い風呂敷包みを、仕上げ蒲団作業場で広げると、途端にツタが失心した。都合よく厨房主任が覗きに来たので、彼は三本の指でツタの左肩と耳下の首あたりを軽く押した。ツタは目を開け茫然とした表情。すると副処長が、さすが医学部出身!! と感嘆した。彼は大卒なのに養蚕試験所から引き続き食堂で料理を作っている変り者であったのである。

ツタが気を失うほどの品物は、絹蒲団の表皮であった。然もその表皮には金糸で飛龍絵が刺繍してあった。大幅の絹地と手紙が添えてあった。手紙には、我らが水心の象徴昇龍の旗印をお作り下されたく願い上げ申し候　節田勇之介とあった。ほんとうの意味が解らないながらも、つまるところツタとその相棒に絹蒲団を作らせる事となったのである。

ツタは将《はた》と困惑した。これまでの手順は、袋状に三辺を縫った蒲団皮を裏返し、その上に引き延ばした真綿と弓打ちした蒲団綿を広げ、さらに真綿で押さえる。そして袋の底側から苧環に巻き上げる。次には巻き戻して行く。おのずと板状の綿が蒲団皮の中に収まる。けれども刺繍で龍があっては、巻いたり戻したりすれば、金糸が切れるのが気に掛かる。思い悩んだツタと吃り症の小母さん二人は、飛龍の蒲団皮を裏返し、真綿と綿を広げ絹地で押えて四辺を絹糸で縫い上げた。出来上がった飛龍絹蒲団は、指で押さえても固く二人は不満だった。柔らかい蒲団の温もりがない失敗作だった。いっそのこと切り散すか火をつけた方がまし、と思った瞬間ツタは失心した。副処長が慌て、厨房主任が飛んで来た。

第六章　下剋上

飛龍絹蒲団の納品を急き立てたのは、荷馬車馭者の爺さんだった。

処長が納品記念日と決めた当日、綿打ち工房処を臨時休業とした。処長の計らいで、女性副処長が代表として納品に行く事となった。吃り症の小母さんは風邪ぎみなので辞退し、ツタは睡眠不足で同行できないと言う。そこで厨房主任が朝食後ツタに睡眠薬を飲ませて眠らせた。

臨時休業となった全従業員は、二十粁先の養老の滝まで遠足。処長先導のもと誇りを持って楽しむように訓話。昼食は厨房主任の義弟が営んでいる宿屋に手配済みとの事。記念となる誇るべき祝日となった。けれども厨房主任と事務室長の老女は、留守番役として工房に残ることとなった。

一方、納品を急がせた馭者は当日、遠足の出発より早く現われた。意気込んで来たのは飛龍絹蒲団だけでなく、取次店を廻る道順がこの日は左回り、つまり中山道を東に向かって、預かり品の収集日となっていたからであった。馬車の荷は全く無く、高さのある藺籠の中も空だった。

早朝工房に来た空荷の荷台には、繋ぎ作業服の処長に手伝って貰って、二つの藺籠に竹竿を渡し、飛龍絹蒲団を吊り下げた。そしてその上には、日除け雨除け用の柿渋塗りの油紙を掛けた。藺籠の谷間に乗った女性副処長は馭者の姿もチャヤコの姿も見えなかった。厨房主任に抱えられて同乗したツタは、莫蓙の上で眠り続けていた。

出発して間もなく副処長も、ツタにつられて眠ってしまった。


藺籠の谷間で副処長とツタが目を覚したとき、すでに竹竿に吊るした飛龍絹蒲団はなかった。出迎えて呉れた四十搦みの男性の誘導で二人は馬車から下りた。馭者の爺さんは振り向きもしないで愛馬に合図して、豪邸内の広場から手動鎧戸を抜けて出て行った。これからと副処長が呟いた。中山道を東に向けて美濃国分寺の方へ走るのね!!。ツタは置き去りにされた気持ちだった。けれども入れ代わりにオート三輪車が入って来た。厨房主任であった。駐車場は手動鎧戸の際にあって、車道が広場を一回りしているから、出入りが自由なのである。車道に取り巻かれた芝生の敷地には、消防自動車や手押しポンプ車などが並んでいて、火事通報があれば直ぐに走り出せる態勢になっている。この豪邸内で働くほとんどの人が消防夫なのである。

ツタと副処長を出迎えた四十搦みの男性も腕に赤い帯線が走った紺地の印半纏を着ていたし、手動鎧戸の上げ下げしていた係員も印半纏を着ていた。帽子も紺と赤の戦闘帽だった。それだけに白づくめの厨房主任の姿が目立つ。

ツタと副処長が案内された通路には、布暖簾を吊した店が並んでいて、休憩だけ出来る店、煮込み饂飩《うどん》の店、酒ビールが飲める店、がやがや喋る店など、通行人でも立ち入り出来る店ばかりで、代金は格安だった。

ツタと副処長と厨房主任が入った店は屋台擬いの小さな構えで三人の店員は消防印半纏姿に帽子だけ白い料理人用のものだった。注文した煮込み饂飩は追分け橋そばの美濃名物の追分け饂飩を使っているので格別にうまいなどと自慢する消防夫店員だった。

さらに別の店員が自慢話をした。この大きな屋敷の家主は、節田《せった》勇之介さんと言ってな、昔は夜中に拍子木を鳴らしながら、火の用心戸締り用心と叫びながら町中を見回っていた人やったそうや。忠臣蔵の消防奉行大石良雄みたいに火の手があがってから現場に走るのは愚行。それより足もとで火を出さない事、泥棒に入られないように戸締りする事を夏となく冬となく見回り通した偉い人なんや。それが受けて宿場町垂井の町長にならしたのやけど、町役場の役人に苛められて、西濃地区の消防団長になって活躍したのや!!。

そのような、と副処長が感嘆した。立派な方から飛龍絹蒲団を作らせて頂いて光栄です!! 私《うち》の処長にも話さなくちゃね。ツタは山盛りの煮込み餛飩を食べ満腹になったので、カウンターの端で眠っていた。副処長が煮込み三鉢の支払い意志を伝えると店員は丁寧に拒んだ。最後に厨房主任が言った。煮込み餛飩は我が食堂のメニューで使わせて貰わなくては? いい思い出のご馳走だからな!!。

納品受け入れの式典が始まった。

総合司会は、ツタと副処長を最初に布暖簾の店に案内して呉れた消防士だった。彼は開口一番私が申すまでもなく中町の班長です。早速ですが一色郷からお越し頂いた綿打ち工房の英才副処長さんに、ご挨拶して頂きます。

それぞれの店を区切っていたカーテンが外された式場の末席で、立ち上がった長身の女性副処長が、緊張した口調で挨拶を始めた。

ご指名いただき有難う御座います。綿打ち工房の処長に代わりまして、拙い私が一言申し上げます。荷馬車のご長老がお運び下さった飛龍絹蒲団は、甚だ出来映え良くない不十分な製品となりました。根気を詰めて作りました本人も、薄ぺらで固い蒲団となったので、とてもお見せする出来ではなく、持ち帰って作り直したいと申しております。お許し下さいますようお願いいたします。

末席際に居る厨房主任もツタも、立ち上がって深く腰を折り、最敬礼をした。すると会場の通路側にいた白髪で紺色の甚兵衛姿の老人が立ち上がり、張りのある声で返答した。

私が消防爺さんと陰口されている節田勇之介です。工房副処長さんからご丁寧な挨拶を賜り、遠路はるばるお運び下された事と併せて、深く深くお礼を申し上げます。ご挨拶によりますと私は飛龍は見映えの良くない出来とのことですが、とんでもありません。率直に申しますと私は蒲団を作って下さいなどとお願いした覚えはなく私の説明不足でしょうが、いささか誤解されておられます。結論を申しますと大変立派な出来映えです。我我の町を、社会を衛る象徴物として、願ったり叶ったりの大作です。美術品であり宝です。有難うございました。

これを聞いていた末席のツタは失神して倒れたけれど、隣席にいた厨房主任の手で難を逃れて安泰。節田老人の話が終わると全席五十人ほどの満席は拍手喝采!!。ツタが再び失心。直後に総合司会の班長が、細い麻縄を徐徐に手繰り寄せると、会場奥の一段高い舞台で守護神の象徴、飛龍が上昇。またもツタが二重の衝撃を受けて、正気を失くした。

拍手喝采が鳴り止むと、通路側の末席で五十前後の男性が挙手をし、司会者に許されて発言をした。

私《わし》は吉見幸右衛門と言う名前です。垂井駅前で寝具店を営んでおります。今日は何んとなく節田さんのお屋敷を覗きましたところ、何やら多勢集まって式典とやらを催されていました。皆さんのご様子を拝聴していますと、手作りの緞帳のような絹蒲団のような立派なものを見せて戴き感極まりました。普段私《わし》は店で既製品の布団しか売っていませんので、是非本物の手作り蒲団を作って皆さんにお売りしたいのです。世の中本物の蒲団を作れるお年寄りが、どんどん減って行きますだけに技術を保存したいのです。手作り蒲団は温もりが違いますし宝になると思います。それでお願いがあるのです。いま目の前で魅せられた飛龍絹蒲団をお作りになった方に、手作り蒲団の作り方を教えて戴きたいのです。私《わし》の店には幸い家内と長女次女の三人がいますので三日もご指導下されば習得すると存じます。お礼は惜みませんから是非お願いします。

問題が私的なだけに司会の消防士は困惑したが、工房側と寝具店主を別室に移し、相談することを委ねた。

話は成立した。

やっぱり事務室長の婆ちゃんが言う通り、オート三輪車で来て良かった!!　と厨房主任が言うと、副処長が道順がよく分かったのねと茶化した。でもと厨房主任が自慢気に答えた。よく食材を買いに大垣へ来るからへっちゃら。

節田邸の鎧戸を潜る時には、オート三輪車の荷台に副処長とツタが乗っていた。もちろん運転は厨房主任で、助手席には吉見店長が同乗して、道案内をした。中山道の目抜き通りを東に向かい、追分橋手前の三叉路を右に折れて、垂井駅前の広場を通って左に折れる。そのとき何を思ってか急に助手席の吉見店長が呟いた。坊主の空念仏に終わりたく無いもんな!!

道際の電柱二本を通り過ぎると、右角に吉見寝具店があった。店長が表入口の硝子扉を押して店内に入り、ツタが続いた。店番をしていた長女に、店長がいきなり蒲団作りの名人に来て貰ったぞと告げた。長女は呆然とし、隣の次女がいい歳して何するの？　と茶化した。すると奥から出て来た店長の女房が、まさか孫を作りたくなったので無いやろうな？　と疑った目で揶揄った。入口には副処長と厨房主任が並んで立ち、丁寧に挨拶をした。

店長は、家族三人を無視して土足のまま、二階への階段を上り、客室へと案内した。あとからツタと副処長と厨房主任が続いた。店長が伝えた。この客の間をお使い下さい、少少狭いですけれど三日間ですので我慢して下さい。

茶色い上着を脱いで片腕に掛けた店主の、白い格子縞の紺色のチョッキに蝶ネクタイを締めた姿は、まさしく客あしらいになれた物腰やわらかな、商人らしい振る舞いだった。その客室で厨房主任は、白い布袋から薄灰色の風呂敷包みを取り出し、事務室長の老女から預かったと言って、ツタに手渡した。帰りを待っているからな、と言い残して階段を下りて行った。副処長が後に続いた。

間もなく窓下の道からオート三輪者の走り去る音が聞こえた。一人になったツタが風呂敷包みを広げると、着替えの下着と作業用の上っ張りと手拭が二枚入っていた。さらに三つ折り財布に紫袱紗で包んだ分厚い熨斗袋も入っていた。即座にツタは失心したが、気遣う人がいなく、気を取り戻した時には夕暮れだった。

第七章　寝具店にて

その日の夕餉時には、思いも寄らず家族の歓待を受けた。

蒲団作りの指導者ツタを迎えての乾杯となり、肴は真鯛の刺身など。酔う程に弾む話で盛り上がった。主食は赤飯に清汁。息子の秀市が聞いたら羨ましがるやろうな‼　と店長の妻君。店長は晩酌で使っている清酒養老の滝の一升瓶を惜しみなく傾けて皆に注ぐ。飲み慣れない長女次女その母親そしてツタも、顔を赤くして上機嫌だった。


蒲団作りの実習、第一日目が始まった。皆が見て覚えやすいために、場所は昨夜小宴で楽しんだ居間だった。蒲団仕立ての生地は、売り物として店に置いてあるし、針や糸や鋏なども、店主が持って来て揃えるから、ツタは技術を披露するだけで良かった。

生地の裁断も縫い合わせも家族全員が手伝ったので、仕事は順調に捗った。引き伸ばす真綿も弓打ちした蒲団綿も二階の物置きに積んであるので、資材に不足はなかった。むしろ手順を鈍らせたのはツタ自身だった。裏返しに縫った袋状の蒲団生地に真綿を引き伸ばし弓打ち綿を敷き並べ再び真綿を引き伸ばして抑える。このあたりから一人では出来ない作業となり、手伝って呉れる相棒との力加減と呼吸を合わせることがうまく行かないのである。理解されるように説明するにはツタの言葉不足で作業が進展しなかった。一枚の蒲団が出来あがるのが昼過ぎだった。その夜の晩御飯は、反省会となった。

二日目には、家族の皆が蒲団作りの要領を覚え、仕事の手順や力加減や呼吸合わせを肌で感じ取れるようになった。店長夫妻は午前中にどうにか掛け蒲団一枚を作りあげ、長女と次女は夕方すぎに三枚を仕上げた。ツタは家族それぞれの仕事を見回ったり、手伝ったりした。

それに加えて、初日に仕上げた手作り蒲団の一枚が、店の戸棚に展示してあったのを、通りがかりの百姓夫婦が買い取り、荷車に乗せて行き去ったのを店主が見送ったのである。

三日目には、店主夫妻が店番する傍ら、炊事洗濯をしながら敷き蒲団の試作を二枚仕上げた。長女と次女はそれぞれ、奥の階段を上がった自室で午前午後二枚ずつの掛け蒲団を作った。ツタは契約期限の最終日なので気合を入れ、昼前に二枚の掛け蒲団、午後には三枚目を作りつつあった。

手作り蒲団四枚が売れたので、いっそう気合が入っていた。買って呉れたのは、追分橋手前の三叉路から西に伸びる中山道沿いの、煉瓦の壁で構えた醤油醸造所だった。夜勤者の仮寝するために使うとのこと。寝具店にとって正に帆立に追い風であった。

順風満帆のツタも最後の日とあって、精一杯の力を出して有終の美としたかった。ところが突然現われた一人の男性との出合いで、予定が壊れてしまった。それを知らずにツタは、一心不乱に蒲団作りを続けていた。その執念と集中力に男性は見蕩れて動けなくなった。ポケットから紙片を取り出し、単語の漢字だけを書き留めていた。

その日の夕餉は、ツタの仕事ぶりに見蕩れていた男性、つまり店長夫婦の長男吉見秀市を迎えた歓迎会でもあった。父店主が寸暇を利して鮨屋まで出かけ、板前と一緒に帰って来た。目の前で握られる鮨は格別な味があって、寝具店の家族には初めて味合う珍味の会となった。ツタも刺身と共に銀シャリを口にするのは、天に昇った気持ちだった。まして酒を飲みながらの鮨は口の中で蕩けそうで夢見心地であった。

秀市歓迎の会が終わるとツタは客室に入り、天鵞絨《ビロード》張りの長椅子《ソファー》の背凭れを倒して、すぐに寝入った。

二次会は父店主と長男秀市二人だけだった。食卓のある居間でコップ酒と柿の種の質素な小宴。十年振りの再会なので積もる話の何から話し出してよいのか当惑する。まず父親の述懐から始まった。お前が大垣中学から近江高専に進学し、京都の大学へ前倒の入学した時は、面食らったよ。まして気象学とやらが専門の研究室と言うから、俺《わし》は頭がこんがらがって、どうかしそうやったな!!。

するとと秀市が思い詰めていた口振りで白状した。父《とっ》つあんには言い辛いけど思い切って言うとな、俺京都へは戻れなくなったのや。監視が厳しくてな。気象学に関する事は、一切合切他言してはならんのや。戦争は攻守に拘らず天候を重要視するから軍事機密で、研究室から一歩たりとも出られん。全く土竜《もぐら》暮しなんや。いま間借り下宿してるんやけど、住いに帰るときでも外出許可証が必要なんや。全く息が止まりそうな生活をさせられとるんや。間借りしている家主さんは、琴教習塾の先生なのに、出入りする塾生などさえ特高や憲兵に監視されとる。それらの目を盗んで、逃げ出してきたのやから、戻る訳には行かんのや。父《とっ》つあんや皆んなに迷惑かけるけど、あんじょう遣るからお願いします。

夜が更けていた。階下の両親も、二階の長女も次女も、昏睡していて静かである。秀市は二階の、かつて自分の勉強部屋であった六畳の間で、父の寝巻を借り、ツタが作った新しい蒲団に入って横たわった。けれども、なかなか寝付けないので立ち上がり、踊り場を通って客室のドアを開けた。月の明りで、ものの分別が付けられた。ソファで眠るツタの姿があった。もんぺの腰紐と下着を脱がすことができた。深酔いしているのか拒まなかった。両股のあいだに膝頭を入れ、上体を重ねても反抗しなかった。前技紛糅し然るべき草叢の谷深く矢を放つ。臀部の震度一段と高まり、愛悦の美声際立ち歓喜の曲を奏でた。

夜明けまで秀市は添い寝した。目を覚したツタは愛撫を求めて来た。果てしなく契りの序奏曲が盛り上がった。西窓から見える空は曙光が耀き眩しかった。

第八章　家族総掛かりの商い

吉見寝具店に出入りする客が一人二人と増えて来た。硝子戸棚に展示されていた手作り蒲団を一枚買った客が出て行った後、次の客が戸棚の前を行ったり来たりしていた。珍しく硝子の大箱に展示していた蕎麦殻入りの枕が売れた。

秀市が小学校の同級会に誘われて行くと二十七人が参加して、手作り蒲団の注文を六人から受けた。また別口の警察署からは掛け蒲団、敷き蒲団上下四組の注文があった。父店長と秀市が大きな紙包みに入れ担って配達した。夜勤者用の蒲団とのことだった。

店長と秀市は、節田豪邸の道向かいの南宮大社参道入口の石造りの大鳥居際にある自転車店に行き、リヤカーと自転車二台を購入した。もちろん蒲団の配達に使うためであった。

作ったことの無い方丈座蒲団を、ツタが根詰めて作っていた。本龍寺の住職が直接店に来て注文したのである。紅の絹地に金糸で唐草模様を刺し縫った大形の座蒲団で、見るのも作るのも初めての試みであった。住職の説明では、仏前方丈の座で御勤めするときに坐る座蒲団とのこと。ツタには想像もつかない光景なのだが、かつて飛龍絹蒲団を仕上げた威厳にかけても成し遂げたかったのである。どうにかこうにか仕上がって、秀市が納品して帰って来ると、吉見寝具店の家族は褒めちぎった。ことに秀市は、ツタが息苦しくなるほど強く抱き締めて喜んだ。父店長の茄子紺の仕事着が秀市によく似合っていた。

軌道に乗った吉見寝具店は、あちこちからの注文が増え、作り手も配達する自転車の運転手も忙しくなった。輪を掛けて石鳥居から南へ数百メートルの、垂る井泉の奥にある高台の玉泉寺から、座布団四十七枚の注文を受けた。慌てた店主は直ぐに岐阜市の卸問屋へはしり、直接玉泉寺に配送する手続きを取った。ついでにズック地の蒲団袋八箇を時価で買って帰って来た。

店主が屋号を変えた。寝具店から新しく吉見蒲団店とし、大きな看板も備えた。心做しか店に来る客が増えた。

吉見蒲団店は皆が忙しかった。義母《かあさん》は朝食の後片付けを済ませると、裏庭の井戸端で手揉み洗濯をして、小路を越えて土手下の相川の流れで濯ぎ、籠に山盛りの洗濯物を背負い上げ、井戸と便所のあいだの竹竿に拡げて干す。一息いれて店番となる。

店主が軒先に営業中と記した板の札を吊るし、秀市は客室で昨日の行動を大学ノートに書き留める。嫁は踊り場際の六畳の間で、蒲団作りに精を出す。臨月近い身重で動きもたどたどしいのだが、それでも引けを取らずに励む。奥階段の向こう、二階のそれぞれの部屋で蒲団作りをしている長女と次女が、頃合いを見ては覗き、手伝いに来るのだが、ツタは喜んで迎え入れる。

義母《かあさん》の馴れ合いの産婆さんが、度度くるのは、身重のツタの様子を診るだけでなかった。義母の膝と腰の鈍痛を案じていたのであった。そして助言をする。本龍寺の道向かいの木下医院に診てもらうと良い。だが義母は忙しさの余り、応じようとしないのである。

薄緑の作業服を着た三人の男性が、吉見蒲団店に訪れた。店長が受け取った名刺には日紡垂井工場管理課女子寮係長とあった。注文は掛け蒲団敷き蒲団上下合わせて一組の五十組を購入したいとのこと。吉見店長は夢語りかと思い当惑したが、注文に応じることにした。そして説明をした。ご覧の通り在庫品は無いので、岐阜市の卸問屋から直接貴社に送り届ける手続きを取ると言う事で商談が成立したのである。もちろん手数料込みである。

その日の夕食時、店長は蒲団五十組の手続きを取るために、明朝早く出掛けると緊急の報告。時同じく息子の秀市も明日五時に早起きして京都に向かい、琴習得塾二階の間借り下宿していた部屋の整理をしに行くと言う。この二つの予定を聞いた家族女性四人は困惑混沌。それでも翌朝の出発時にはお結び弁当を差し出した。

とっくにお昼は過ぎていた。つい先程まで蒲団作りをしていたツタが急に産気づいた。軒下に店員募集の紙を貼った店長は慌て、木下医院の三軒西隣りの産婆処へ、自転車で走った。はからずも、すでに産婆さんが来ていて、産湯で洗われた赤児の産声が、居間から聞こえ、店内に入った店長は為す術もなかった。

その日の夕食は、産室となった居間を主体に、義母《ばあちゃん》は竈端で煮炊きする傍ら、膳を運んだりした。長女も次女も夕食を摂りながら、膳運びを手伝った。父店主《ぢいちゃん》は店番をする席で初孫を眺めながら祝い酒の盃を傾ける。秀市も初子とツタを見ながら、京都へ行った話を肴に祝い酒を続けた。京都への途中で近江八幡の旧友に会ったところ、気象研究所周辺に姿を見せたら、生きて帰れへんどすえ!! と警告されたので思い止まった。代りにその旧友が京都に出向き、琴教習塾長に会って呉れた。それに依ると気象学に関する本はすべて木箱に入れ床下に隠してあるとの事。塾生の心ある人達が手伝ったとの報告であった。秀市の手土産は、近江草津の名産物四ツ吊りの蚊帳だった。ツタのお返しは、何よりの言葉であった。この児あんたの子よ、悧巧そうな顔してるもんな。

一児の父親となった秀市は、仕事に張り合いを持った。配達の帰り隣家の人から手作り蒲団の注文を受けたり、また大高集落の老女から声を掛けられたりした。その老女は、昔の私《わて》なんか春仕舞いともなれば蒲団作りは年中行事なので精を出したけどな、この齢になると手強くて、やっぱり逃げ腰になるわな。近くの慰霊寺の婆ちゃんも、同じ事いうてご座るな。

秀市は長喋りの相手にされながらも、どちらの老女からも手作り蒲団の上下の注文を受ける奇遇を味合ったりした。

店長も負けず劣らず奇遇と馴れ合いに励まされ、商いの面白さを味合っていた。薄緑の作業服の課長が一人で訪れ、五十組の蒲団を受け取ったと報告に来たのだが、帰りがけには手作り蒲団上下二組を現金支払いで買って呉れた。荷を積んだ小型トラックには、会社のシンボルマークが貼ってあった。

日を置いて同じマーク黒塗りの乗用車が店の前で停まり、手作り蒲団上下三組を配達して欲しいと言う。名刺には部署主任とあった。さっそくリヤカーに積んで数十軒ある社宅の一軒に届けると上さんが出てきて、リヤカーの吉見店長に話し掛けて来た。うちの工場のソフトボールの女子チームは、この前の実業団の大会で優勝したのよ、と自慢した。それ以来吉見店長は店の格が一段上がったように思い、仕事に弾みが付いた。

また府中村の梅谷集落に既製座布団を三十五枚リヤカーに積み上げ自転車のペダルを漕いでいると、擦れ違いに藺籠を積んだ荷馬車が坂道を下って行った。リヤカーに山盛りの荷を積み上げた店長と、荷馬車の馭者は互いに横目で見過ごした。共に面識がないので通り過ぎた。三十五枚の座布団は菩提寺の報恩講に使うとの事であった。

疲れ果てた店長は晩酌を多量に飲み、風呂に入らずに寝床に入った。その日は秀市も疲れていた。父店長の図面説明を信じて山際の岩手村へ行ったからである。屏風のように立ち連らなる山の稜線に向かって緩やかな坂道を、四十枚の座布団を積んだリヤカーと自転車を進める。くねくねと曲がる村の道の道角の石にリヤカーの輪が触れ、下りて戻っては、また自転車を進める。道幅が急に広くなった道に差し掛かったあたりでは、ペダルを踏む力が衰え、降りて歩かなければならなかった。見通しの利く真っ直ぐな一本道では途中に立つ火の見櫓が見えた。父店長の図面での説明より遠そうだった。秀市はリヤカーと自転車を曳いて歩いた。

それにしても、これ程までに草臥れる道のりを、自転車で来て注文取りをした父店長の執念と情熱に、秀市は敬いの念ますます募るばかりだった。

座布団四十枚の届け先は、割烹旅館玉屋であった。けれども見当たらなかった。火の見櫓の手前の二階建ては、村役場の様子。道向かいは皮付き丸太などを並べた材木屋。そのあたりは目抜き通りになっていて、南東の道角が農業協同組合の総合販売所。変形四叉路なので目立たないけれど役場とは小路を挟んで、青銅板の屋根と三方の壁に囲まれた辻地蔵が祀られている。さらにその敷地は丈高い生け垣に囲まれていて、建て物が見えない。立て看板もなかった。

儘よとばかりに秀市は、生け垣の切れた間からリヤカーだけを押し進めた。案の定、正面玄関の硝子戸は締まっていたが、傍らに小さな文字で割烹旅館玉屋とあった。すると生け垣の内側で草毟りをしていた割烹着の小母さんが、秀市に声を掛けて来た。そして玄関の硝子戸を静かに開け、館内に合図をした。やはり割烹着の小母さんが三人出て来て、リヤカーに積んである紙袋入りの、四十枚の座布団を手分けして運び入れた。

草毟りの小母さんがリヤカーの端に片手を置いて、秀市に話し掛けてきた。今ここの女将が昼寝してご座るので、中に這入って貰えんけど、あの座布団はな、冬場になると、数が足りんほど仰山の人が坐って、飲めや歌えやの賑わいになるのや。私《わて》らは今も無報酬で手伝ってるけど、冬場の心付けがたんとやもんで、今は繋ぎの手伝いなの。近辺の心ある仲間が、百姓仕事の暇を使っては、ここの手伝いに来るのや。私もその一人やけどな!!うん、そうや。お客さんと言うのはな、鉄砲担いだ猟師さんで、多い時は十人近いわな。それぞれ猟犬を連れてな。それに勢子さんが二十人前後。奥山にどっさり雪が積れば獣たちも食べる物がなくなって、山を下りて来るの。猟師さんや勢子さん達の腕の見せ所。走り物は破格の値で売れるし、大垣や垂井などの一流料亭が玉屋の前で列を作って待ってご座る。猟師さんは笑いが止まらんわな。犬やかて即座に、獲物の腹を切り割いて出した腸を、活躍した順に貰えるし、持ち帰ったモツは私《わて》らの手で煮炊きして、酒の肴として出す。野菜などは家から持ち出して来るから訳ないわな。飲めや歌えのどんちゃん騒ぎは夜中まで続くのや!! 漆原の絵描きさんが残した〝玉屋のおどり〟。お寺か何処かが持ってご座ると聞くけどな!! 私《わて》らはそこまで付き合えんから貰い物を貰ったら、はいさよならや。酔い潰れた人は二階の大部屋で寝てご座ったけど、後の事は私《わて》らに関係ねえから知らん。

聞き疲れた秀市は、それでも道向かいの農協の預金庫課で、座布団の金額請求書を差し出し、小切手を受け取って帰途につく。帰りの道は下り坂が多いので、快適なのである。

心地よく秀市は帰って来た。表入口の硝子戸を開け、店の中に入ると、店番をしていた母親が私《うち》の息子なの、と声大きく言った。すぐ前にいた五十搦みの小母さんと十五、六歳の少女が振り向いた。新顔の二人は店員募集に応じて、今日初めて手作り蒲団の仕事をしたとのこと。五十搦みの小母さんは若いころ蒲団を作った経験有りで元気溌剌としていた。今日はすでに三枚の掛け蒲団を作り帰りしな店の上さんに挨拶したところだった。少女は午前中、長女の指導を受け、午後は次女と一緒に三枚の掛け蒲団を作っていた。ツタは乳児を抱えながらも蒲団作りを続けたし、店長は例の工場長宅へ蒲団上下三組を、配達に行っていた。蒲団店は賑やかだった。

馴れ合いの産婆さんが吉見蒲団店を訪れた。店番をしている老母に、三軒東の木下医院の薬を届けに来たのである。忙しくて暇がない老母の現状を説明した所、腰と膝の痛み止めを調合してくださったので、渡しに来たと言う。ついでやけど、赤ちゃんをおんぶして蒲団作りをしているツタさんの動き具合は、どうやら身籠っていると観たけど。うん、やっぱし。そう、五ヵ月やって。無理せんでな。これからも、ちょいちょい来るからな。大事を取ってよ。おおきにとツタは礼を言いながら未熟な少女の手を借り一尺角の真綿を引き伸ばした。

その翌日、産婆さんが訪れて、秀市の姿を見ないが、やっぱり配達に行っとるのやろうな？　とツタに問い掛けた。いいえ、とツタが説明した。けさ五時に起きて、垂井駅から汽車に乗って近江八幡の旧友に会って蚊帳のことで相談したい、ただそれだけの事やから夕食までには帰って来ると言ってました。説明を聞いた産婆さんは、呆れ返って言葉がなく、眠っている赤ん坊を見詰めていた。

ところが秀市はその日に帰って来なかった。翌朝の朝餉が終りかけた時、秀市が帰って来た。お土産は布暖簾で広重の風景画〝三井晩鐘〟が刷られ、見て楽しめる客寄せの土産物だった。秀市の話では、旧友は観光会社の役員となっていて、小型観光バスで新入社員のバスガイド振りを審査する係員の一人だった。

その旧友は審査するのを若手に任せ、秀市の繊維染色論文に目を通しながら話し、いずれ繊色協から返答がある。審査には時間がかかるから、気を長くして待つが良いと言う。この旧友がいろいろの役員を兼任しているので、秀市は魂消《たまげ》たと言う。

秀市の話を聞き終わった父店長はその様な問題に取り組んでいたとは全く知らなかったと告げた。また長女は近江八景を蒲団生地に取り入れたら面白そうと言い、次女はバスガイドで高得点をあげた人は偉いな!!　と感嘆。老母は秀市が有名になったら店が一段と忙しくなって草臥れると愚痴った。妻のツタは二人の子の父親になるんやから頑張ってと励ましたのであった。

ツタが三人目の児を産んだころには、店は前代未聞の多忙となり、十五歳の少女も駅南の元気小母さんも、楽しんで蒲団作りに精を出した。出来上がった蒲団の置き場所も満杯。父店長も新しいリヤカーを買い加え配達するのに大忙し。秀市は繊色協会からの通知待ちで苛立つ焦燥感と空虚感に苛まれ、自分でも信じられない馬力で配達に励むのであった。

不思議なことに慣れ合いが多かった。寿司屋とか自転車店。木下医院、節田邸の消防夫。店長は芋蔓式の増え方とか言って根を上げた。元気小母さんは五月の祭の前支度に違いないと嘯《うそぶ》くし、秀市は世の中の流れなのや、と知ったか振る。子守りと店番を兼ねて勤める店の祖母《ばあ》さんは、世の中ってそう言うもんやと達観振る。いずれにしても蒲団作り仕事の潤滑剤となっているのである。

ある日、店に遣って来た紺絣の着流しでハの字髭の年寄りが、大振りの夫婦《みょうと》蒲団を作って呉れと言う。そして説明をした。婿と嫁が結ばれるとき箪笥に長持ちの嫁入りは当り前の相場やった。横長の大きな長持ちには、大概上下二組の蒲団が入っていて、長い棒で人夫二人が担ぎ吊して、婿の家まで運んだもんじゃ。俺《わし》もこの歳になって何んじゃけど、婆さんと別別の蒲団でなくて、一緒の蒲団で寝たいもんじゃよ。な、皆んな、夫婦蒲団を普及させれば、若いもんも喜ぶと言うもんじゃよ。蒲団屋さんも一肌脱いで、頑張って呉れ!! 大枚で前払いするから、足りない分は出来上がり次第払うからな。

店員の誰もが、老人の話術に圧倒され唖然として声さえ出せなかった。けれども老人が店から去って行くと、皆は申し合わせたように手を動かし、蒲団作りを始めた。

皆んなが良く働いて呉れたので、仕事が捗るけど疲れも溜まっているに違いない、と店長は察した。その店長自身も体のあちこちが怠かった。

元気小母さんが愚痴った。住いの近辺は一面に青い稲葉が揺れて白い粒粒の花が咲いているけど、今年はゆっくり見て楽しむ暇がない。すると次女が、きょう十六歳になったあの娘《こ》が休んだのは、東町の地区代表の踊り手に選ばれたと聞いているわ。

すかさず店長が宣言した。仕事はこれで打ち切って、その十六歳少女の踊りを見に行こう。店の展示棚には名入り浴衣が仰山揃ってるから、それを着て行けば店の宣伝にもなる。口車に乗った老妻が言った。そうやな、内風呂沸さんで醤油醸造さんの、新しい湯屋に入って行こうよ。透かさず次女が口を滑べらせた。外風呂なんて初めて、裸の付き合いやわ。すると長女が戒めた。一人だけで無いのよ、ホウポッポの子供たちの面倒も見なければあかんのよ。

そのホウポッポの子供たち三人の姿は店内にはなかった。店長が見た様子を伝えた。先程、長男坊やと次男坊やと二つの女の子が、駅に向かって行ったよ。子供たちは汽車ポッポが大好きなんや。父親の秀市が急いで駅に向かった。

駅前広場には盆踊りの大きな看板が立ててあった。古い駅舎の入口には子供の姿はなかった。待合室にも姿がなく、秀市は訝った。すると改札口の柵の外に駅員が現われ、何事かを言いながら、掌を小さく振った。駅舎の外の軒下に、子供三人が立ち尽くしている様子だった。軒先はコンクリートで固められた上り線のプラットホーム。駅員が舎内に立っている秀市に説明した。ホウポッポが一向に来ないので改札口を潜ってプラットホームに出たのやな。普段は改札の柵に上って楽しんで御座るんやけどな。この時間帯は本数が少ないので気の毒や。

三人の子供は、駅員と父親秀市に声を掛けられて、素直に柵を潜った。

銭湯は入浴者を全裸にし、それぞれの生活を曝け出す。女湯では子供たちが、海原ほどに広い湯面に喜びはしゃいだり、青いタイル張りの床で滑って転びそうになる。母親が戒める。また体を洗うのも、子供を先にするか若しくは己れの体を優先するのかも、普段の習性が如実に醸し出す。かたや男湯の若者は言葉が少なく、年寄り達は顔見知りが多い。吉見蒲団店の店長も湯槽に浸かりながら声を掛けられた。店が繁盛しとるけど、そのうちに城でも建てるんじゃねえか?? 他の入浴者が相槌を打つ。垂井城を彷彿させる以上の城を築いて呉れよな。店主は耳栓したように反応せず苦笑いするのみであった。

吉見蒲団店の家族が、白地に文字模様の浴衣を着て盆踊りを見に行く姿は楽しそうだった。店長の老妻は、孫たちに乳母車を横取りされ、松葉杖に体を支えながら、ゆっくり後追いする。孫の長男坊やはシュッポシュポシュポッポと、汽車の擬似音を繰り返しながら押し進める。次男坊やも脇から手助けをする。二歳の女の児は、駅長の動作を真似て挙手の格好をする。父の秀市と母親ツタが乳母車の右側と左側から片手を携え進行方向を決める。松葉杖の老母に、長女と次女が付き添って歩く。

駅前広場の西外れから北に向かって進み、突き当りの中山道の三叉路を左に折れて行くと、盆踊りの会場が臨めた。左がわに醤油醸造所の長い煉瓦壁。右に軒を並べた小さな宿屋などの商い家。赤白の祭り提灯を吊した明かりが盆踊りの会場へと誘う。

店長は両手を孫二人の坊やに引っ張られ、踊り人の直ぐ際まで行き、秀市は女の児を抱っこして盆踊りの見物となった。松葉杖の老母や長女次女は見物人たちの中にまぎれて姿が見えなかった。

踊り人の輪は右手奥の愛宕神社広場から左手角の警察署前にかけて、数珠繋ぎになり、それを取り巻く見物人たちも、それぞれの動作で楽しんでいる。右奥の東町曳軸《ひきやま》倉ぎわの櫓の上では、三味線と太鼓と笛の囃子に乗って音頭取りの、初老男が鉢巻き姿で、歯切れのよい渋みある声で唄い語る。昔ムカシその昔。それに合わせて踊り人が身振り手振りで舞い熟す。江州音頭だった。秀市は近江八幡で聞いたのを思い出し懐かしんだ。

父店長の隣で白髪の茶色い背広姿の紳士が問わず語りに話していた。盆踊りは別称見繕い踊りとか尻尾振り踊りとか言うてな。男も年頃ともなれば、お気に入りの娘さんを探すわな。盆踊りも絶好の機会。一人の娘さんを狙ったら、品よく踊っているか否か見定め、娘さんの尻を追って踊り続ける。編笠を被り手拭いで顔を隠していても、踊り具合で狙いを定める。好みとあれば直ぐ後ろにくっついて踊り続ける。若さ由縁の感触で、娘さんも狙われているのを感じる。つまり以心伝心。言葉なくても心が通じあえば踊り続け、人目につかない暗がりを見つけて踊りの輪から離れ、情炎に点火する。足入れ婚より、よっぽど好感が持てるよな!!

店長も秀市も聞かない振りして、目では東町地区代表で踊っているはずの、十六歳の少女を探していた。街角の旅籠亀丸屋きわで品良く踊る娘がいた。ところが見物の男性にからかわれた反発の動作は、女装した男性だった。

踊りを見ているかに感じた吉見の長男坊やが、立ったまま居眠りを始めた。店長の右手が動くと吃驚して目を覚ますが、また眠った。孫の次男坊やはすでに店長爺ちゃんの左手を握って立ち眠りをしていた。秀市の背中でも二歳の女の児がぐったり眠り耽けていた。帰ることにした。ところが踊りの輪から離れた二軒目の花売り店前に駐めて置いた乳母車がないのである。軒先が広いし店は締めてあって邪魔になるはずが無い。仕方なく歩いて帰途を辿る以外に術がなかった。秀市は両手を後ろに回し女の児の尻を支えて歩いた。店長爺さんも、眠りながら歩く二人の孫を左右の手で引き寄せて、帰りの道を歩いた。

やっとの思いで蒲団店に着くと、すでに乳母車は帰っていて、松葉杖の老母も長女次女も、嫁のツタも食卓を囲んでいた。長女の話では、花売り店の旦那は小学校の同級生で、したたかな腕白者であったけれど、今では道端にあった乳母車を店の軒下に移す優しい商人となっていた。それどころか、長女がお詫びし謝ると、店の奥から二組の使い古した蒲団を出して来て、作り直して欲しいと注文したとの事。もちろん蒲団は乳母車に山積みにして、四人がかりで帰って来たとの事だった。

その夕食時の晩酌は、店長も秀市も深酒となり、疲れを紛らわしていた。

翌日、さっそく長女は乳母車で運んできた古い敷き布団の二枚を解体し、皮布を洗った。石鹸で揉み洗った湯水は黒く濁り、古い綿は固く板のようになっていた。昼過ぎると長女は蒲団の皮を袋状に縫い直し、倉庫から持ち出した真綿と新しい綿を敷き重ね、夕食迄には仕上げた。新品同様の出来上がりだった。姉《ねえ》さは、少なからず花屋の腕白坊やに気があったんやな⁉︎ と次女が茶化した。長女は苦笑いし、掛け蒲団の解体作業に取りかかった。

四日後、蒲団上下二組を秀市が花売り店に配達すると、店主は要求額を支払い、大きな花束を添えて送り出した。父店主も負けず劣らず郡役場とか、盆踊りは尻尾振り踊りと解説した老人の家へ手作り蒲団を配達したり、かかり付けの木下医院に手作り蒲団上下を届けた。息子が陸軍病院の軍医をしていると自慢話を聞き、いつもの内服薬を受け取ったりして、忙しく働いた。

店内では、駅南の元気小母さんが辞め、十六歳の少女も盆踊りで見初めた青年と婚約して来なくなり、蓄えの商品も少なくなった。さらに嫁のツタも、四人目の児を身籠った。

義父店長も夫秀市の疲れも限界に来ていたし、花束を見ながらの晩酌も量が増えて行く。

二日続いて雨が降った。けれども配達期日の約束期限が切れているので行かなくてはならない。父店長は自転車に注文商品の手作り掛け蒲団一枚と蕎麦がら入り枕にズックの手提げ袋などを雨具に包み、雨水完全防止の出で立ちで、岩手村の宮前に向けて出発。息子の秀市は、掛け敷き蒲団二組をリヤカーに積み、渋柿塗りの油紙を覆い被せて、自転車のペダルを漕がねばならなかった。中山道を西に向かって走り、垂井西の見付を通り越して、大踏み切りを渡り、やがて国鉄東海道本線と平行に、松並木の雨水で霞む濡れ景色や、走り去る貨物トラックや荷馬車などに追い越されながら、道端を進む。下着が汗で濡れ体も冷えているが停まらなかった。やがて右に折れ再び踏み切りを渡って、鉄橋を弓型に吊った大きな橋を進んだ。泥水色の濁流が足下に見える。やがて左に折れ小路をくねくね曲がって二十分ほど走る。女房のツタが説明したより走り辛く、雨足も激しさを増して来た。

極く短いトンネルを潜り、三軒目が樋口善次衛門の家に着く。長い屋根付きの物置きがあって、農具や雑物が置いてある。秀市が自転車を止め玄関の腰板ガラス戸から声をかけると、老婆が現われ、びしょ濡れの雨具を脱いで、農具に拡げて架けるよう指示。さらに中年男が二人現われ、リヤカーの荷物を覆い被せた油紙に藁箒で手早く雨水を打ち払った。そして油紙を取り外し、ズック織り大袋に入った蒲団を軽軽と持ちあげて、家の中へ運んだ。座敷の上がり端に現われた禿げ頭の爺さんが、玄関先に立ったままの秀市に声をかけ、雨具や仕事着を脱いで早く、居間の穴炬燵に入って温まれと命令した。秀市に拒む理由が見付けられなかった。

家も大きいが、穴炬燵も大きかった。秀市が両足を入れようとすると、炬燵の中から三人の子供が飛び出した。爺さんも婆さんも炬燵に足を入れ、蒲団のことを喋り始めた。

隣り村の関ヶ原もそうなのだが、ここらは伊吹風が運んで来る雪で、多い時は五尺ほども降り積もってな、温い布団が何より有難い。けどな蒲団を作り直せる女衆が年と共に減って来てな。家《うち》の息子の嫁も伊吹の幼稚園の先生となって月給取りの勤め人となっているように若手さえ作ろうとする心を失っとる。つい小耳に挟んだお宅吉見蒲団屋さんにお願いした訳なんや。生憎の雨で配達のあんたさんも運が悪いわな。でも此の際ゆっくりお茶でも飲んで温ったまったら帰《けえ》りなはれ。

秀市は代金を受け取ると、また雨具で身繕いし、雨霞の中山道を東に向かった。

すれ違う急行列車が警笛を鳴らして走り過ぎた。


二階の六畳の間で眠っていたツタが、夜中なのにふと目が覚めた。子供たちは普段から懐いている義姉義妹の部屋で寝ているし、階下の義父も義母も眠っているから静かである。ところが枕から頭だけ上げて蒲団ごしに足の方を見ると、客室の戸尻に極く細い一筋の光りの線が漏れていた。ツタが起きあがって踊り場に片足を入れ、そっと客室の扉を開けると、夫の秀市が机に向かって書き物をしていた。いつか少しばかり聞いたのだが、害虫防御の繊維を作り蓬葉の鱗毛を加えてハンモックの細網を捻出できる作成論文に挑戦しているなどと言っていた。妻のツタは夫秀市の執念と情熱に圧倒され、逆に励まされたりしていた。あの夫《ひと》の子なら、何人産んでもあきないとさえ思っていた。

次の日は昼すぎまで夫秀市は寝ていたけれど、朝昼合わせての食事をとると、配達に出た。綾戸の左官屋さんが掛け敷き五組の蒲団を一週間も前に注文していた商品であったので、無理を承知で出かけたのだった。

その日の夕餉すぎた時とつぜん秀市が言った。あすの朝は四時に起きて、垂井駅から汽車に乗って近江の旧友宅に行く。気にしないで寝ていて呉れ、と家族に告げた。研究論文を然る可き所に提出するためなのである。そして秀市が付け加えた。こんどは旧友が近江観光所を案内して呉れるはずやから、帰るのは少し遅くなるけれど、快報を楽しみにして待っていて呉れ!! と言っていた。

翌翌朝、家族が秀市を迎えたのは昼前であった。疲れた表情の秀市であった。論文の審査結果には時間がかかると言うてたな!!。それから秀市は、旧友の案内で見て回った観光地、蚊帳製作研究所をはじめ、信楽焼き窯元や甲賀忍術保存会や近江八景、近江八幡の瓦道など。旧友はバスガイドの資格認定試験官もしているから持て成しも上上やったな。実に楽しい観光旅行で、いい思い出ができたよ!!。

第九章　ホウポッポの旅立ち

秀市宛の郵便小包が届いた。防虫繊維研究会からだった。近江草津までの乗車急行券と研究会所属の身分証明書が同封されていた。手紙も入っていた。貴殿ご要望の防虫糸試作に成功ご詳覧くだされたし、とあった。

けれども秀市の本音は、太い防虫糸数条の紐に縒りを掛けて、網の目に編んだ寝網つまりハンモックを作りたかったのである。秀市の論文理論では作製できるのだった。概算では二ヵ月かかる。それを目論見マニラなど熱帯地域に売り込めば一攫千金。吉見蒲団店も株式会社に出来るわけ。

こんな思いを家族に話せば大騒ぎするだろうから、秀市は漏らさなかった。ただ妻のツタだけには企業秘密だからと口止めし、大雑把に話した。するとツタは客室の天鵞絨張りのソファの下に隠してあった紫袱紗の分厚い熨斗袋の大金を夫秀市に手渡した。無事元気で帰ってきてな、待っているから。お腹《なか》の四人目の児も産まれているやろうけどな、と淋しそうな表情で言った。

指定の急行列車に乗るには、夜明け前の四時半に起床して、垂井駅から上り線で大垣駅に出なくてはならない。秀市にはきつい時間帯であった。発車時間に余裕があったけれど、急行列車の車窓の外に見える風景は尾を引いて走り去る。見分けられるはずの家家も判別つかなかった。するうち秀市は眠ってしまった。車内の通路を車掌が何かを言いながら通り過ぎたが、耳障りな雑音であった。二駅か三駅停車したけれど、全く知らずに眠り続けた。近江八幡駅で小時停車したが、駅弁を買わないうちに発車してしまった。そして、また眠った。

肩を叩かれた時もうとうとしていた。でも名前を呼ばれた瞬間、目が覚めて仰ぎ見ると、観光協会役員の旧友だった。彼は防虫繊維研究所の補佐官でもあった。

急行列車が大津を発車すると彼は、防虫繊維研究員の身分証明書を直ぐ取り出せるように準備する事を警告した。そして、高さ一メートルほどの棒状に巻いた布の包みを秀市に渡し、君の執念で完成した防虫ハンモックなのだと言い、君の理論と技術指導は専門家も舌を巻いていたよ。と報告を受けた。そして京都から尼崎港までの乗車券を差し出した。さらに付け足した。その先の舟賃は自腹を切って呉れ!! 旧友と秀市は京都駅のプラットホームで別れた。別れ際に握手をしながら旧友が言った。防虫液の原材料を蓬葉から得たのは秀逸どしたな!!

尼崎港で秀市は、客船下室券を買ったが棒状布包みで乗船を拒まれ、貨物船下層席となって乗船した。出航した貨物船は明石海峡を抜けて瀬戸内海を南進。伊予灘、防周灘等を通って下関へ。門司港で航洋客船に乗り換え、五島列島沖から東支那海へ!!。

第十章　慢性と緊急

日時を重ねても秀市は帰って来なかった。

働き手が減り疲れも溜って、家族の皆なに皺寄せが来た。長女や次女も少なからず影響を受ける。松葉杖を頼りに移動する老母《ばあ》ちゃんも店番する傍ら、あちこちと気を使う。嫁のツタは身籠っていて重い動きながら無理をして働く。臨月が迫っているけれど頑張る。目を掛けて貰えない三人の子供たちは、歩いて数十メートルほどの垂井駅に行きホウポッポの来るのを待ち侘びる。あるいは青いタイルを貼り詰めた銭湯へ行き、遊び仲間と湯掛けごっこをしたりしてはしゃぎ、番台の小母さんに叱られたりする。ときには腹ぺこで家の裏口から入って竈にかけてある釜の中の残り御飯を手掴みで食べて大目玉をくう。

祖父店長とて老体にも拘らず、リヤカーに積み上げた荷物を自転車で曳き、遠近を問わずに配達する。町内のあちこちから思いも寄らない豆腐屋とか金物屋、追分うどんの製麺所、呉服店、隣りの宮代村の農家、それに珍しく節田豪邸の消防夫三人からの注文などに応えての孤軍奮闘。さらに小物の注文が増え、岐阜市の卸問屋に、汽車で往復する回数が多くなった。疲れやすい老体の身には踏んだり蹴ったりの疲労困憊であった。物忘れが非《ひ》道《ど》いことも不可分であろうけれども、店長には悩みの一つであった。

老妻の腰膝の痛み止めと嫁ツタの風邪薬を貰いに木下医院に行き、調合されている間、待っていると、車椅子の老医が待合室に現れ吉見店長に話し掛けた。店長が日頃のことを愚痴っぽく言うと、老医が答えて呉れた。物忘れが非道いとの事やけど悲観することは無い。けれども、と店長が苦い経験を話した。その日は岩手村の農協預金課で重要書類に捺印しようとしたところ、肝心の印鑑を忘れて来たので、明後日になってしもうた。すると老医が諭した。思い出したこと自体まるっきり忘れていなかった事。つまり明日《あした》に繋がり其の積み重ねが、人の生活であるのや?!。店長は気持ちの和らぐのを感じた。木下医院の薬を飲んだ老妻も嫁のツタも症状が和らいだように感じた。

店長の心境は一事が万事、途方に暮れたり思い直したりして次の仕事に取り掛かったりした。そんなこんなで仕事は遅遅として捗らなかったが、それでも一家の主としての自覚はあった。店全体への配慮と健康。孫たちの育成。顧客との接触対応と商品売り込みの案内説明。いずれも如何にせん感覚が老化して、明日への繋がりが細くて薄い。けれども店長は、破れ太鼓も鳴るうち太鼓とばかりに吉見蒲団店を営み続け、慢性執念の細火を灯し通したのであった。

その細火は、いつまでも灯し続くかに思えた。ところが或るとき困惑な風が吹き、細火が大きく揺れた。ツタのいちばん下の坊やが二歳となっていた。

すでに吉見蒲団店の天幕仕立ての倉庫は撤去されていて、店内の在庫商品も残り少なくなっていた。老母も店番でさえ覚束なくなり、長女次女も生活家事や店番をしながらの蒲団作りなので、量産は不可能。予約の商品を作り上げるのが精一杯であった。

そんな折も折、松葉杖の老母がいつもより腰と膝の痛みが強く感じると言い、老父の店長は左胸から脇下にかけて火炙りでもされたような赤い浮腫。蕁麻疹さながらの症状。しかも針束で突つかれたほどの疼痛。惑う余裕さえなかった。シャツに片袖とおしただけでも脇下が激痛。商品の結城紬の生地を首に巻いて羽織り、老妻を乗せたリヤカー付きの自転車で、一路木下医院に向かう。中山道を西へ数百メートル走りながらも、吉見店長の頬に涙が流れ、号泣したい声を抑えて、ペダルを漕ぎ続けた。

中山道の片端で自転車を止め、リヤカーから降りようとする老妻に手を貸すことも出来ず、店長は木下医院の玄関から入った。いきなり声を震わせ、蕁麻疹が!! と言うなり、上がり框に倒れ込んだ。白衣の看護婦が異様な患者を助けにかかるが困惑してまごつく。診察室から出て来た車椅子の老医も目を剥いて唖然とし、声さえ出せないでいた。

前後して通りがかりの女性に抱えられた老妻が玄関から入り、三和土にへばりついた。時も時こうした情景の下、忽然と現れたのが軍刀を腰に備えた軍服姿の尉官だった。毅然とした彼は、吉見老夫妻を一目診るなり、長靴を脱いで父老医の側から診察室に入り、電話機のダイヤルを回してから、強い口調で言った。

木下軍医だ。直ちに緊急装甲車を回せ!!　中山道の木下医院だ。空きベッドがなければ大垣の市立病院に押し込め、命令だ!!。

車椅子の老医が弁解した。腰と膝の症状は手に負えん。まして蕁麻疹と自覚される帯状疱疹は治療後、残る神経系治療が当院《うち》では不可能やから患者に怨まれる結果となる。ほんとうに帰って来て呉れて良かった。全く恩に着るよ。

その言葉を打ち消すように軍医が言った。

それより父《とう》さん、偶然にも俺が特別緊急休暇が貰えて吉見さん夫妻のためになって、良かったと思うよ。何よりも人様を助ける事は、医者の使命なんだもんな。こうした親子医師の会話のあいだ、軍医の姉の看護婦は、帯状疱疹の疣の群れに塗り薬とガーゼを貼り治療した。

たぶんと軍医が呟いた。病院に入院となれば、ご夫婦は別室か別棟になるだろうから、それぞれの付き添いの家族が必要となる。俺の記憶では娘さんが二人ご座ったはず、蒲団店に立ち寄って同乗して貰うよう運転手に命令するつもりだ。

二十分もすると木下医院の前で車が止まった。濃い緑色の四輪駆動車で陸軍緊急車の標識と、赤十字印の小旗を二本立てていた。珍しいので道向かいの本龍寺入口には多くの人が立ち止まって眺めていた。


店長老夫妻を乗せたまま、吉見蒲団店の前で止まった緊急装甲車は、入院の付き添い人となる長女と次女の二人を乗せると、駅前広場に向かい左折して東進。相川堤に向かって行く。もちろん駅舎の中でホウポッッポが来るのを待ち続ける四人の子供たちは、装甲車の後ろ姿は見なかった。

ただ一人ツタだけが、住まいの裏に横たわる相川堤の小路から、踏切りを渡って行く緊急装甲車の後ろ姿に、片手を振って見送った。

店内に戻ったツタは、体じゅうが空っぽになった思いだった。かつて夫の秀市が繁く口にしていた虚脱感なる言葉が、いまの自分の情態のように思えた。

難しい事は分からないけれど、ホウポッッポの来るのを待ち侘びる四人の子供たちも、似たような心境でなかろうかと、ツタは思い遣った。

気分転換に、作り掛けの蒲団に手を出すけれど身が入らず、また内風呂を沸かすのを面倒になり銭湯に行ったりするのだが、途中で湯屋には入らず引き返した。

けれども三日も経たその日、ツタは朝食のあと暇潰しに、何気なく駅舎に向かった。改札口の柵には、どうしてなのか馴染の産婆さんが立っていた。ツタの子四人、長男坊や次男坊や三男坊や三歳の女の子は、プラットホームの板壁に並んで、相変わらずホウポッポが来るのを待ち侘びていた。馴染の産婆さんは聞かず問わずに説明をした。木下医院の老先生に聞いたんやけど、軍医さんが、軍用列車四輌目に乗ってハルピンとかの野戦病院に行かっせるやって。何んでも二階級特進で少佐なんやって!! ほら、来た来た!! 速いから見えないわ。

子供たち四人は立ち上がり、はやし立てながら軍用列車を見送った。プラットホームは静かになり、ツタが声を掛けても家に帰ろうとしなかった。

吉見蒲団店に帰ったツタは、心変わりをしたのか長く伸びた髪を、両肩に触れるところまで切り、前髪も眉が隠れる線で切り落とした。そして客室の長椅子の下に仕舞ってあった藍染のもんぺ上下に着替えた。鼻歌を口ずさんでいた。むかし山裾の家の助産婦さんと楽しく過ごしたことを思い出し、おめかしもした。昼前だった。

ホウポッポの来るのを待ち侘びていたはずの子供四人が突然、表入口に現れた。階段下の店の番台に擦り寄ったツタは、急いで近寄って来た末っ子の二歳坊やの動きに不審を持った。言葉なく表入口を指差すのである。続いて来た三歳の女の子もオキャクさんと告げた。

表入口には来客が五、六人立っていた。二歳の坊やと三歳の女の子に誘導されたようなタイミングで最初の来客が、硝子戸棚とガラスケースの間を、ツタに向かって進んで来た。薄紫の着物に桜色の帯を締めた白髪まじりの婦人だった。銀縁眼鏡が品格の印象を強くしている。ツタが受け取った名刺の肩書きには、京都下鴨・琴習得塾代表理事長とあった。次に受け取った婦人の肩書きには病院の看護婦長。三人目の婦人が保育児研究室長。あと二人は幼稚園の先生。そして、ゆっくり歩を運んで来た黒い背広で、黒縁眼鏡の奥で光る鋭い目付きの中年男性が差し出した名刺には本庁詰め検事とあった。

ツタの子供の長男坊やと次男坊やの二人が硝子戸棚の脇に積み上げてあった四本脚の腰掛けを引き出し戸棚の前に並べていた。子供ながらに気配りが良いと呟く人がいた。名刺をさしだした五人の来客は、すでにツタの子供たちと仲良しになっていた。この人たち五人は、と和服姿の理事長が言った。皆んな私《うち》の塾生どす、琴塾の二階に吉見秀市先生が間借り下宿されていてな、皆んな大の仲良しどした。時には比叡山に登ったりしはって、帰った夜は下鴨の焼き鳥やさんで飲みました。吉見先生は酒が入ると荒城の月を歌われましてな、いつかは琴と合同演奏したいなと思ってたんえ。気象学の研究学者とは思えない砕けた一面もあって、親しみやすいお人どした。

前置きが長くなりましたが、京都から駆けつけた仲間一同は、先生のご家族とお会いしていろいろとお話ししたいのです。ことに先生の奥様とは折り入って、検事さんが報告されたいと仰るので参りました。宜しくお願い申します。

時節柄カーキ色のもんぺ上下を着た女性塾生の四人は、ツタの子供四人と相まみえ遊び仲間となっていた。

ツタは土足のまま階段を上がり、二階の客室に案内した。天鵞絨張りの長椅子を和服の理事長と黒い背広の検事に奨め、対座に夫秀市が読み書きに使った小型の机に向かってツタは坐った。

開口一番、検事が言った。吉見秀市先生は我我琴塾の二階に間借りされていて、塾生みんなが仲良しでした。

それなのに最後にお目に掛かったのを思い出せないのです。われわれ塾生にまで官憲の目が厳しく、琴塾に出入りするにも気を付けなければなりませんでした。するうち先生は、創意著しい大学者になられ、害虫が寄り付き難い蚊帳とハンモックを作り上げられました。この製品は熱帯地方に取って、熱烈歓迎の宝物となるはずでした。

こうした発明秘密を俺《わし》が知ったのは、我我検事仲間に横の連絡網があるからです。住んで居る場所が京南の所為もあって、何より情報を入手しやすいのです。今回の件では、吉見先生の人知れずの動向調査も、親友としての執心なのです。先生の痕跡を辿りますと、尼崎港で乗船する予定が、棒状に巻いた長さ一メートルほどの荷物を持っているから客船には乗れず、貨物船に乗り換えた事がキーポイントです。

その貨物船は大阪湾に出ると、瀬戸内海を南下。一旦呉港に立ち寄り周防灘を通って下関港へ。九州門司港では航洋客船に再び乗り換え、五島・福江の近海を通航し東シナ海へと見て良いでしょう。ところが、これらの推測がばれると軍事機密が絡んで、こちらのイノチが危い。当分のあいだ隠密行動をとっていましたけれど、どうにか今ここに辿り着いたという訳。

さて航洋客船に話を戻しますと、明確ではありませんが航洋客船は行方不明。けれども日の丸印のその客船が船首を空に向けて、沈没するのを通りがかりの漁船の漁師が見ているのです。さらに数日後その近くで別の漁船の漁網に、多くの魚に交じって緑色の生地と蚊帳にハンモックが引き上げられたと漁航日誌に書き止めてありました。

奥さん!!　誠に申し上げるには忍びないのですが、秀逸好人吉見秀市先生は水漬《みづ》く屍となられ大自然の中でご活躍されるに違いありません。ご冥福お祈りして止みません。

語り終わった検事は唇を噛み締めて震わせ、目を潤ませていた。

ツタは急激な衝撃を受け、目眩して気を失うような感じだった。けれども、どうしたことなのか、口をぽかんと開け空《くう》を見詰めたまま硬直情態。表情に変化がなかった。するうち、急に立ち上がり片思専一。報せなくちゃ、義父《とう》さんと義母《かあ》さんに!! と譫言《うわごと》のように呟き、階段を滑るほどに早く下りた。

階下の店の中では、もんぺ姿の婦人四人に遊んで貰っている我が子四人にも、目を呉れないで、展示用のガラスケースを避けて、表出入り口から道路に出た。

そして小走りで駅前広場に向かい、線路沿いの道を東に駆けて進んだ。突き当りの路が相川の堤だった。

第十一章　残され者の焦燥感

ツタは汽車を利用しなかった。乗った事もないし、切符の買い方も知らなかった。歩くことが手っ取り早い近道と考えたのだった。

何より赤十字印の緊急装甲車が、店長夫妻と長女次女を乗せて、駅東の踏切りを渡って、相川堤に沿って走ったのだから、大垣の病院へはその方向を辿れば着くだろうと安易に考えたのである。急ぎ足で少時すすむと道が相川堤から離れ、足の疲れも感じるようになった。その辺りでは、田圃や畠に交じって藁屋根の農家が点点と在る。店内仕事の毎日で歩き慣れていないツタには過酷な歩行だった。

けれども大垣病院に入院中の義父と義母に、夫秀市の事故死を一刻も早く報せなくてはならない。足の疲れと焦燥感でツタの心中は歩くのみの惰性だった。

まもなく三叉路に出合《でく》わした。標石には表佐水郷と文字が彫られてあり、どちらの道を選んだものか分からなかった。ふと右方向を見ると、小高い南宮山が居座っていて、大きな握り飯と助産婦小母さんを思い出したが直ぐに忘れた。

ツタは左への道を辿った。何んとなく、大垣病院に行けるように思ったからであった。防風樹木に囲まれた農家があるごとに、村道が曲がったり折れたりして、そのくねくね道では農具を肩に歩く農夫や、肥桶を載せた牛車と擦れ違う。ツタは鼻を摘まむ余裕もなく急いだ。

細い流れの小川を三本跨いで過ぎると、小高い土手の急坂に差しかかる。表佐水郷の広広とした稲田が見渡せる。蓮華の種を蒔いているのか片手を振っては歩を進める農夫の小さな姿が見える。ツタは板橋の手摺りに摑まって腰を下ろし、息継ぎに少時の一服をした。

橋の下は水量豊かで小波が打ち舞っていた。吉見蒲団店の裏を流れる相川が川幅を広げず流れて来ているのである。流れの震動で木の橋が揺れていた。ツタは不安になり休んでおれなかった。

さっそく歩きにかかったけれども、土手の下り坂は、膝に負担がかかった。穿き馴れたゴム製の千日草履なのに、足の指叉がひりひり痛む。けれどもツタは構っておれなかった。病院を目指して歩かねばならない。ツタは急いだ。

田園風景を眺め楽しむ余裕もなく、三つの板橋を渡った。四つ目の反り橋を渡ると、橋際に立て看板が目に付いた。水都大垣市内に至ると記してあった。

その反り橋の下の流れは鉤の手に曲がって運河に続き、両岸は底深く積んだ石垣に固められていた。運河の左上樹木の繁みは広く、鳥居の笠木島木などが樹海の中で浮き上がって見える。左岸の石垣の上には樹木と隣り合わせて、内側に反り上がった黒い板壁の角張った建物は奉行頭のかぶる業職笠さながらの屋根があって、傍らに船町灯台と記してあった。そして運河右上の小路に沿った二階屋七、八軒の黒塀には船主街道と大きな文字で標してあった。

それらの光景を横目にして急ぐツタは、いよいよ義父義母に夫秀市の急死を伝えられると思い、胸の高鳴りに瀕した。急ぎ足で小路を真っ直ぐに進んだツタは、建物に挟まれた小路に差しかかり、抜け出した所で、これまで見たこともない極めて広い道に出合《でく》わした。道とは思えない広さだった。

もちろんツタは、目にする大通りを左折して行けば大垣駅に辿り着くことも、知らなかった。中途には大垣城が見られるし、市立病院とても人伝てに探せば、義父義母に会えるはず。いずれにしても市街のど真ん中で、昏迷して立ち往生することになる。ツタは立ち止まらず広い道を一直線に横切った。と、その時ツタの目の前でトラックが急停車し、男の怒号が襲いかかった。天下の大道を歩いて叱られる理不尽がツタには解せなかった。

ツタは立ち止まらなかった。一刻も早く報せなくてはならないと思う焦燥感に、怒号の響きが追い討ちをかけ襲う。けれどもツタは立ち止まらず進んだ。立ち止まるのは無に繋がり虚空となる。夫秀市の訃報も届かず、この世に居無かった不在の無像物となる。やはり病院にいる吉見家の家族に通達する義務がある。ツタは悲壮な気持ちになっていた。

大通りを横断してからでも、百貨店や映画館などの賑わいを事ともせず、ひたすら歩き続けた。歩行回旋の惰性に憑かれたような姿だった。

街外れになると、店より民家が多くなり、行き交う人も少なくなった。そして、いつからか気が付くと道幅も狭くなっていた。路面には小石や道草に足をとられ、ツタは歩きにくくなった。ゴム草履を通して、足の裏に微かな痛みを感じる。膝が疲れて道芝に足袋の爪先を取られ、立ち止まらなければならなかった。我慢して歩き進んでいるうちに、田圃や畑の畦路となっていた。

細い川の土橋を渡って下り坂に差しかかると、疲れて膝があがらなくなった。息切れもした。汗ばんだ肌を意識すると疲れを一層強く感じる。路端に藁小屋があったので腰を下ろして休みたかったが、立ち止まっては無くなるものがあると思い、ツタは我慢をした。足の運びも遅くなり、膝が引き攣りそうだった。ツタは膝を撫で労り、また叱咤激励したりして、歩を進めた。

日が西に傾いた。ツタは長く真っ直ぐな畦路に差し掛かった。自身の身丈の影が長く伸び、足より先に頭が畦路を撫でて行く。ツタは蔓草に足をとられて転びそうになった。影の頭が揺れ、ツタの思考も乱れた。さらに足袋擦れの踵が痛み、目が眩んだ。立ち止まってはいけない、訃報を伝えるまでは!! 自戒した。ところが先行する頭の影は、叢の壁を這い登って行く。影に負けじとばかりにツタも叢で目立たない石の階段を手と足の四つ這になって上がった。影も同行した。細い道が左右に伸びていて、ツタが立ちあがった。道端まで生い繁った葦の葉の群れを透かして、波打つ濁流の踊り狂う光影に戦き、踵を後ろにずらした。その拍子に体のバランスを崩し、転倒した。そして石段縁の草を薙ぎ倒し、逆様に滑り落ちて、石段下の路面に頭を打って気絶した。

偶然にも、石段の上の小路を自転車で二人の男性が通りかかり、気絶している女性を発見。すぐさま、自転車を降りた一人が叢の斜面を滑り下り、気絶している女性を見て戸惑った。白十字を緑の円で囲った紋印の腕章をはめ、濃紺の作業服を着た警邏員だった。いま一人の警邏員は、逆方向に自転車を走らせて急いだ。

間もなく土手下の道路に、四輪駆動車が現われ、白衣の女医が下車して転倒者の脈搏を測り、頭部を触診した。この人と女医が呟いた。打ち所が良くてイノチ拾いしたわ!! そして付け足して言った。なぎ倒された草がクッションの役割をしたのね。さらに女医は打撲被害者の首筋から肩のあたりを軽く押さえたり、マッサージを繰り返したりした。

布製の担架を広げて見守っていた警邏員二人と駆動車の運転手は、固唾を呑んで次の指示を待っていた。するうち被害者の顎が一つ小さく震え、まもなく二回震えた。そして唇が微かに動いた。さっそく指示にしたがって被害者を担架に移し、続けて駆動車に運んだ。発車した茄子色の駆動車は、緑色の円で囲んだ白十字の小旗をはためかせて走った。二人の警邏員が自転車で後を追った。

十数分後、駆動車は堤防際の東門を潜った。右と左の門柱に挟まれた鉄の扉は門衛が開けた。女医が心身療養隔離研究所職員の証明書を見せると、駆動車は徐行し間もなく第八病棟前で止まった。

女医は被害患者を担架ごと病棟内の診察室に運ばせ、警邏員の手で診察台に移させた。患者は薄目を開けたり閉じたりしていた。女医はその患者に聴診器をあて症状検診した。患者が穿いている足袋は血と泥で変色していた。

女医が痛み止めと催眠の調合薬液を注射器に入れ、患者の腕に針先を挿入した。その瞬間、患者の上体がぴくっと震えて失心した。さっそく女医はカルテの作製をした。患者の身元や名前も分かっていないが、その欄には女性と患者番号つまり、W86と書き入れ、病状は急激衝動で失心、二重衝動で昏睡する特異体質と記入した。

案の定W86被害患者は、以後三日間眠り続けた。その間女医は、痛み止めと化膿防止薬と栄養補給液薬を調合し、患者の唇に潤与した。カルテには実験成功と書いた。

けれども女医は、それが専科の脳神経外科の範疇として扱って良いのか迷想混沌とした。

四日目にＷ86の患者に変化があった。女医は一つ奥隣りの小室に患者を移した。研究に忙しいとき女医自身が、息抜きをする憩の間なのである。小室に移った患者は聴診器でみる限り平常で、三号棟の厨房から運ばれて来た食べものも残らず平らげた。健康を取り戻したようだった。そこで女医は仕事を与えた。

この八号病棟は中廊下を挟んで左側を女医が使い、右側には大部屋と三つの個室からなっていて、割り合い症状の軽い患者七人と重症患者三人を監視する女医専用の別室がある。その別室でウーマン86患者が仕事をすることになったのだけれど、体を動かすのでもなかった。寝台に小さな机、そして廊下に面して事務机と椅子があるだけの別室なのである。仕事の内容は、廊下を隔てた大部屋の患者七人と個室の重症患者三人の行動や独り言などを監視日誌に記入することであった。廊下の左外れに便所があるので、その回数も記入しなければならないし、患者住居の各部屋の欄間が開けっ放しなので、日誌に記入することが多かった。例えば患者ＡとＢとの言い争いとか、個室患者の泣き言とか、書き立てることが尽きない。

日誌をつけ始めたころは細かい文字で詰め書きしていたけれど、次第に大きな字になり二日目の昼すぎには文字が乱れ五、六日目になると殴り書きになっていた。それでも十三日まで続けた。

そのあいだに女医は二回きたけれど、覗く程度で直ぐに八号病棟から離れた。それに代って十五日目には、思いがけなく六十歳前後の男性が診察室に現われた。緑色の作業服で首には聴診器を携え、物腰おだやかな医者だった。診察室では監視日誌をつけているW86の患者を呼び入れ、カルテを見ながら自己紹介をした。私が当研究所の内科医です。所長も務めていますが、結構忙しくてね。所内にいる人たち五百四十人の健康管理の責任もありますから、寛ぐ暇もなしと言ったところです。きょうも早志女医は医学会の年次総会に出席されていて、午後には脳神経外科会があるので終日のご多忙。私がこの八号病棟患者の、健康診断をする羽目になった次第。とは言え、アンタも監視日誌をつけ続け、早志先生のお手伝いされている事になるのです。アンタの素質を見抜いての代行監視観察ですからね。大変ご苦労なことです。

何んせ早志先生は、岐阜県で二人しかいない女性の脳神経科医ですから、当療養研究所のお勤めと合せて幾層倍のご尽力です。まして当研究所は特性の療養所つまり、はっきり言って精神病院なのです。尋常な感覚では務まりません。狂暴な患者は白衣姿を見ただけで暴言暴行とて無遠慮この上なし。私がご覧の通り緑色の作業服を着ているのは、そんな被害を避けたいからです。でも早志先生が敢えて白衣でおられるのは、乱行患者を観察されたいからです。もっとも、あのごつい体格で、暇を見つけては大垣の道場へ行き、柔道を琢磨されている努力家なのです。

それほど真摯多元なお仕事の一翼を担って、監視日誌でご協力くださったアンタには、療養研究所の所長として感謝し、お礼を申します。ところで、いろいろと疑問や不満があったでしょうが、お仕事にご協力くださったアンタのお名前さえ聞きそびれていて、申し訳ありませんでした。所長の責任において、お詫びいたします。えっ!! 吉見ツタさんと申されましたか!! 全く失礼いたしました。

吉見ツタは、何んと応えて良いのか分からず困惑した。五百数十人が居住する研究所を運営する偉い人から詫び言をいわれ、これまでに聞いた事のない言葉に温情を感じた。二十数年探し求めて来たのは、この人情であったように思い体じゅうが温まるのを感受した。

さらにツタは、W86の汚名から解放され、所長内科医の言葉で、自分を取り巻く世間が変わったと思った。女医の体形も、所長が説明したほど大きくは思わなかった。

女医が指示したのは日光浴のことだった。

これまでに日に当らず白い肌が病状症ぎみなので、極力日を浴びて健康肌を作らなくてはいけないとの奨めであった。

療養所屋外に出るのは初めてのツタは、日の光が眩しくて目まいをしそうになった。けれども片腕を女医に支えられ、所内の散策に出た。門衛控え棟を右手にして歩くと、華麗開花の花壇が拓け、植物園に沿って北進した。

右側の二階家が所長宅で、と女医が説明した。階下の一部が研究所の事務室となってて、事務長が所長さんの奥さん。てきぱきと事務処理をなさっておられるのよ。そして女医は建物の配置をツタに教えた。所長宅の北隣りが七号病棟で重症女患の寝泊り部屋。左に折れて六号病棟と五号病棟も軽症女患の宿舎なのね。それとは果実園を隔てて四号棟が食堂と、味が良いことで評判たかい厨房。さらに西隣りの揖斐川の水をふんだんに使う大仕掛けのボイラー室は、軽症男患者たちの体を湯洗いさせていますし、女患者たちもそれぞれ盥桶で体を拭いたりしています。

植物園の西に並んだ、所内最大の第二病棟には三百数十人の軽症男患者たちが寝泊りし、昼間は農作業に従事しております。どの患者も真面目に働いています。その二号病棟とは離れて鉄条網で囲われた重症男患者の状態は、吉見ツタさんの想像にお任せします。

広広とした敷地の植物園は、研究所独自の自給自足の農作物を耕作する作業場となっている。畝幅三尺長さ六尺の島と呼ばれる野菜育成の畝立て耕作島は、全体を通して百二十余りもあって、島それぞれに野菜名を記した立て札を刺してあった。

その野菜島を案内する女医は、白衣ではなく緑色の作業服で地下足袋を穿いていた。島と島の間の溝をゆっくり歩きながら、ツタに丁寧な説明をした。高が野菜と言えど、発芽の誕生があって、養分を吸収する毛細根によって育成されて行くのね。小さくともイノチあっての物種だわ。

このような話を聞きながらツタは、島のあいだの溝を歩いた。日差しを受けた白肌の顔が、元気光態を浴びて火照っていた。

野菜の茎が高く伸びた葉陰には、軽症女患たちが島の溝に蹲って、草毟りをしていた。それに見習って女医もツタも、溝にしゃがんで草毟りをした。野菜根を傷めないよう雑草を引き抜くのだから腕の筋肉が張る。ツタも女医も慣れない仕事なので、軽症女患たちと比べると見劣りする。それでも昼ともなれば、女医は四号棟の食堂へ。草毟りをした多くの女患は五号もしくは六号病棟に帰って、それぞれに配膳を待つ。ツタも第八重症女患病棟に戻り、配膳を待つのであった。

昼食後のツタは一人で植物園に出かけ、草毟りに手慣れた軽症女患たちと一緒に雑草を引き抜く作業を続けた。仕事をしながらツタは考えた。夫秀市が雑草にこだわり、防虫織維を編み出し新発見をした蓬は雑草と言わないのだろうか?!。ついつい草毟りの仕事は遅れをとり、配膳の夕餉も忘れ監視日誌の記入も怠り、なかなか寝付けなかった。

けれども草毟り作業が二十数日つづくと、日差しを浴びた顔肌も健康情態となり、毎夜が快く眠れるようになった。すると女医が言った。そろそろ研究所補佐官を卒業して良さそうね。

第十二章　戻り旅

その日の朝早く、ツタが目を覚したころには、すでに女医がすべてを整えていた。入院時に来ていた藍染めのもんぺはアイロンをかけて奇麗になっていたし、履物も白い地下足袋を揃えてあった。

そして緑楕円に白十字印の手拭に包んだ封筒には、手紙と金一封の紙包みが入っていた。手紙の文面は、ご卒業おめでとう、いろいろと手伝って頂き感謝、お礼を申します。同封の小銭は帰りの旅費です。いつまでも健やかに、お元気でありますよう、お祈りしております。所長夫妻と共に。早志由美。とあった。

八号女患病棟の前には、すでに白十字印に茄子色の四輪駆動車が待機していて、藍染もんぺのツタが現われると、拍手が湧いた。所長夫妻と警邏員二人も大きな掌を打ち続けていた。もちろん早志女医も、門柱のあいだを駆動車が走り去るまで、手を振って見送って呉れた。

堤防際の平坦な通路を、駆動車は北に向かって走った。

しばらくして石の階段の麓で停車させた運転手が、客席のツタに言った。初めてお目にかかった時は担架の上でしたな。気絶しておられました。ところで、お送りするのは此処までとの指示でした。堤防の上の小路を三十分も歩くと揖斐川の鉄橋がありまして、そこから線路沿いに二十分も歩くと、小さな駅があります。大垣駅の一つ手前やけど、この際思い切って、石の階段前を左に折れて、車を走らせます。女医先生に尽力されたんものな!!。

駆動車は畦田が続く路を曲折しながら走った。するうち運転手が自慢話を始めた。研究所の緑色の作業服を着ていた。こう見えても俺は、と調子づいた。農耕技術屋で貧乏暇なしといった所や。研究所の菜園は俺が企画を立て、百数十ある野菜島の管理気配りも一手に引き受けねばならん。いつ種を蒔いて、いつ肥やしを遣って、いつ草毟りをするか苦心惨憺なんや。隣りの百姓のような真似ごとでは全棟患者の空き腹を満たせんからな。金肥を買う余裕もないから、草毟りさせた草を乾燥させてそれで堆肥を作ったり、患者が押し出す下肥を振り撒いたりして、大忙しや!! 近所のお百姓さんが下肥を買い取って呉れると、ほっとするわな。

それもそうやけど、水も有難いよな。いま正面に見える小高い土手。水量多い川なんや。それが研究所のボイラー室の西を流れていてな、その水を汲み上げては菜園の野菜島に撒くのや。野菜がすくすく大きくなるのも、水のお蔭なんやよ。感謝しなくちゃな!!。それじゃ吉見さん、いろいろご苦労でした、くれぐれもお達者でな。

別れの挨拶をした運転手は、駆動車の向きを変えると、来た道を加速度つけて去って行った。ツタは、いつまでも手を振って見送った。

一人になったツタが小高い土手の上り坂をあがり、板張りの小さな橋から療養研究所の方を見ると、一塊りの黒い雲が青空に浮いていた。土手の下り坂を白い地下足袋で降りたツタは、水田の拡がる野道を急いで歩を進めた。細い流れの小川が多い田園平野だった。その中程で、四つ目の土橋を渡り過ぎた所で、急に日差しが翳り、俄かに突風が吹き荒んで立っておれず、ツタは蹲《うずくま》ってしまった。突風とともに大粒の雨が横殴りに叩き付け、瞬く間にツタは濡れ鼠となった。女医に貰った手拭いの巻きもので頭を塞いだが、これもずぶ濡れ。顎と曲げた肘から雨水が垂れ流れ、路面も見るみるうちに、川の流れとなった。篠つく雨足で視界が閉ざされ、萎縮した恐怖心と焦燥感が募るばかり。何かに祈る余裕さえ無かった。

ツタは自棄糞《やけくそ》になって盲滅法立ち上がり、雨水の流れに逆らって、白い地下足袋の足を飛び跳ねて駆けた。暗中模索、虚無霧界の中を手探りで六、七歩進むと、固い壁に突き当たった。挑みかけ蹴り叩くと、固い壁が動いた。吊り戸のようだった。無理遣り引き開けると、雨足の弱い中に逃げ入った。吊戸を閉めると、さらに風雨は無くなった。幽かに明るいのは風下になる壁に小さな覗き窓があったからである。板壁造りの番小屋のようであった。

濡れ鼠になったツタに迷いはなかった。滴り落ちる濡れた髪を、白十字印の手拭いで幾度も擦った。藍染もんぺ上下も肌着も、すべて脱いで一糸纏わぬ全裸となった。脱いだ衣類を捩じり絞り、叩いたりした。極く小さな小屋は辛うじて腰掛けられる板掛けがあった。狭い三和土には湯水を沸かす七輪が備えてあるけれど、全裸のツタには身を繕うだけで精一杯であった。

やっとこさっとこ身支度をすませたツタが、吊り戸を引き開けると、空は晴れ上がって透き通るほどに青かった。何んだか罠に嵌められたような複雑な気がした。けれども、晴れあがって日差しが強く、嬉しい気持ちでもあった。屋外に出ると、雨後の田圃の様子を見回りに来たらしい麦藁帽の老人が、擦れ違うとき、ツタに言った。お天道さんは水当番がいなくても、万遍なく水を下さるわい。世の中よく出来とる。

ツタは応えようがなかった。けれども、何んとなく番小屋の全裸を見られたようで、逃げ出したい妙な気持ちになっていた。

ツタは急ぎ足で畦路を通り過ぎた。地下足袋の中も着ている物すべてが生乾きで重かった。細い流れの小川を二本跨いだ頃には、青い空に白い雲の塊りが浮き散っていた。ふやけた白い地下足袋の汚れが目立つ。生乾きのもんぺが股に張り付いて気色悪かった。

大八車と擦れ違って道幅が広くなっていることに気が付いた。民家や小売り店も点在する。荷馬車が荷車を追い越した。するうちツタは途轍もなく道幅の広い大通りに出合わした。ところが車どころか人の姿さえなかった。左の方には障害物が置いてあって縄を張って赤い布切れを結んで通行禁止の大きな立て看板が見えた。そして大通りの道辺には板張りの小屋が並んでいて工事用の機具がほったらかしになっていた。ツタは構わず大通りを横断して、先行く道を探した。もちろん、その大通りの工事場とは反対の方向を辿れば大垣駅とか近在の大垣城とか市立病院などがあることをツタは知る由もなかった。

先行く道を探しながら振り向くと、大通りに面した道際に、白い三階建てのビルディングが天幕を張って立っているのを発見した。屋上には大きな文字で〝高岡助産婦養成学院〟と記した看板が掲げてある。じいっと見詰めたツタは固唾を呑んだ。出来れば院長さんに会いたいと思う。かつて育ての親と崇め慈しんで貰った恩人なのだが、今の姿を見せることは出来ないので、諦めた。

それにしても、とツタは思う。二ヵ月前に怒鳴られた四叉路も、目標にした運河の川辺灯台や反り橋も見当らず、どこで道を間違えたのか⁉　ツタにはさっぱり分からないのである。

けれども立ち止まっては、今までのことが水の泡となる。遅蒔きながら夫秀市の不幸を報告しなければいけない。それが嫁として、妻としての務めなのだから。ツタは改めて決断をした。道を間違えていてもツタは、市外の田圃に挟まれた道を歩きつづけた。

ふと目に止まったのが門柱に掲げられた細い表札だった。〝県立大垣工業学校〟。助産婦養成学院の新築校舎を造っている高岡建設専務と測量士の出身校であった。面識はなくても遠からず繋がりのある人の、出身校の際を通っただけでツタは勇気付けられ、歩行も活発になった。養老電鉄の踏み切りも遮断機がおり始めたにも拘らず通り抜け、先へと急いだ。けれども小高い土手の板橋を通り、再び田圃に挟まれた路に差し掛かったあたりから地下足袋の指叉が痛みだした。それでもツタは歩き続けたが、次の河川の板張り橋では、耐え切れず地下足袋を脱いだ。足の親指と隣りの指の間は、つまり指叉擦れで赤剥けになっていた。それでも行かねばならない、是が非でも。ツタは赤く浮腫んだ足の裏に、女医からの手紙を当て白十字印の手拭いを裂いて足の先に巻いた。そして女医が室内で使って古びた足袋を穿いた。思い出の記念として貰って来たのが功を奏したのである。右足の方が重傷だったので念を入れた。どうにかこうにか体を支える足の裏となった。空に浮いていた白い雲は払拭され快晴となっていた。北東に霞む連峰が、沈下するかのような遠景が見えた。

ツタは跛を引きながらも歩き始めた。けれども長くは続かなかった。水量ゆたかな相川の板橋を越えたころには白い足袋が血で染まり、重荷を背負ったような足取りとなった。図らずも表佐集落に入っていて、民家に挟まれた履物屋があった。その店の老婆が、惨めな歩き方をしているツタに声をかけてきた。そしてゴムの短靴を勧めた。試したが浮腫《むく》んだ足は這入らなかった。すると老婆は、鉤の手に折れて繋がった縁側にいる白髪の息子に声をかけ、軒先に吊りさがった長靴を指差し、持って来いと指示した。ツタには大きすぎる長靴だった。

白髪の息子は、大き過ぎる長靴の中に襤褸切れを入れ、ツタに試させた。柔らかくて心許なかったけれど、紙片を敷くと、足底の痛みが和らぎそうだった。女医から贈られた手紙と旅費が用をなしたのである。

長靴を履いたツタが歩き始めると、襤褸切れと紙片が敷いてあるのに、素足がぽこぽこと踊って、歩き難くかった。大きすぎる長靴が重い。歩くにつれて、膝に疲れを覚えた。三叉路に差し掛かると、さっそく辻地蔵前の石の台に腰をおろし、重い長靴を脱ぎ離した。女医の厚情が滲んだ白足袋を頼っての帰省準備だった。三叉路の西に据え立つ南宮山にツタは目礼をし、膝を庇いながら奮い立った。恰《あたか》も競技選手のスタート前の心境であったのだろう。きのうの夕食から飲食を一切とっていないので体力も衰えた疾走となりそう。それでもツタは跛を引きながら、全力疾走にこだわった。

準備万端?! ツタは相川堤に沿って進み、垂井駅東の踏切りに向かって急いだ。二ヵ月前に義父《とう》さん義母《かあ》さん、その長女と次女を乗せて、白十字印の緊急装備車がとおった踏切りである。相川の流れは穏やかだった。

息急く呼吸を肩で刻みながらツタが、駅前広場を経由して北に向かい、吉見蒲団店に辿り着いた。ところが、表の硝子の扉は、釘止めの板で閉ざされ、上質の美濃紙に毛筆での謹書が認めてあった。〝当店閉店仕り候　店主吉見幸右衛門　詳しくは木下医院にお問い合わせされたくお願い致し候　敬具〟

ツタには信じられない出来事だった。それにしても空き家の中はどうなっているのか？確かめたくなった。裏口に回った。ここも板で閉ざされていたのでツタは、井戸端に捨ててあった木っ端で、釘付けの板を抉じ開けた。半狂乱の手捌きだった。

ようやくにして家の中に入ると、当然ながら、すべてが空虚感で充満していた。唖然として視線を回し、止まった所が居間の食卓だった。その上には一枚の書状があった。ペン字の楷書だった。お待ちしておりましたが、帰ります。四人のお子さんは責任もって、お預かりします。前後しましたけれど、吉見秀市先生のご冥福をお祈りします。琴塾同志一同。

ツタは大きな洞穴に、落ち込んだ思いだった。じいっとしておれなかった。行動あるのみ。洞穴から攀じ登らなければいけない。動かなければ夫秀市と同じ結果となる。ツタは盲滅法、空家を飛び出した。空虚からの遁走でもあった。

それよりも、とツタは思った。疲労困憊の身保護を優先して、いささか辻褄が合わないけれど、逃げるのでなく遁走するのだ。もっとも乳母車を汽車に見立てホウポッポに昂じた四人の子供にも逃げられたのであるし、意気投合していた義父義母その長女次女にも逃げられた。手作り蒲団の仕事にも逃げられた事となる。

こうした被害妄想の受け身は、疲れが一段と加害した。それより逆に逃げたものを追っかけ捕まえる方が得策なのだ、と捕らぬ狸の皮算用したりするのも、疲れ果てているからなのであった。

それにしても、ツタの思想錯乱は、言葉の域を越えていた。標失無望、徒らに下足のない跣足袋《はだし》での跛《びっこ》を引きながらの昏走《こんそう》は、逃げるにしろ追っ駆けるにしろ、自力を薄らえる事となる。例え宿場町の西の見付けを越え中山道の松並木や助産婦院の入口を狙ったとしても得るものは、身が細る疲労だけなのだ。

足袋跣の踵からはみ出した手拭いの切れ端が路面を引き摺り、膝は疲れて臀部が重く持ち上げる力も弱くなっていた。自力で自分の体を支えられず、その苦痛に気をとられ、中山道沿いの活け花屋とか、旅籠旅館とか稲荷八幡前の広場、道向かいの警察署などは勿論、石造りの大鳥居、道向かいの節田豪邸とか、石塔の深彫り文字の本龍寺、道を挟んでの木下医院や馴染みの産婆処など見届ける気力も失せ、両肘両膝の四本足を引き摺っての歩側行脚となっていた。坂上の西の見付けを望める頃には、両肘や両膝から血が滲み出ていた。

見付け近くの石材店の前に差し掛かると、ツタは力尽き石の上に身を投げ、横倒しとなった。石材店の奥から嗄れ声が叫んだ。死ぬでねえぞ!! 赤い捩り鉢巻きの爺さんだった。その声に合わせて初老の男が、石の上に身を投げた女に駆け寄った。初老の一人が女の襟首に片掌を入れたとき、老婆の声がした。あら!! 蒲団屋のツタやんでねえか?!。すると初老男のもう一人が怒鳴り声で言った。タケ!! 自転車でお医者さん呼んで来い!!。見付け坂に現われたタケ少年はサドルに跨がり下り坂を直走《ひた》った。作りかけの墓石で埋まった石屋の仕事場が緊迫情態に急変した。

さっそく仕事場の奥に姉さん被りの主婦と髪を手拭いで包んだ主婦が現われた。姉さん被りは花茣蓙を二つの墓石の上に拡げ、手拭いで髪を包んだ主婦は板戸を茣蓙の上に置いた。続いて現われた小柄な少年は、蒲団を筒状に丸めて担ぎ出てきて、板戸の上に拡げた。最後の健気な少女は掛け蒲団を抱え立ち止まった。すると毬栗《いがぐり》頭の初老男と青い鉢巻きの初老男が、失心情態で一糸まとわぬツタを運んで来て、敷き蒲団に寝かせ掛け蒲団を覆いかぶせた。片隅で老婆は、ツタが身に付けていた衣類を丸めて、襤褸布で包んでいた。

間も無く木下医院の看護婦が到着した。自転車の荷台に看護婦を乗せ、急な上り坂をのぼって来たタケ少年は店先で横倒しになり口を開けたまま肩で息を刻んでいた。白衣の看護婦が労《ねぎら》ったがタケ少年は声が出せなかった。

応診する看護婦は木下軍医の姉で薬剤師でもあった。そして吉見蒲団店の閉店の事とかツタの特異体質についても知っていた。車椅子の父老医の指示のもと代わって来た事を詫びながら看護婦は診断結果を告げた。ダブルショック、つまり急激な衝撃が重なったので、失心症状が続きます。少しのあいだ様子を見ましょう。鎮静剤と栄養補給液を調合した飲み薬を持って来ましたから少しずつ、唇を濡らす程度で飲ませてください。

三日目の夕方ツタは、気を取り戻した。医者の調合薬も然《さ》る事ながら、石屋家族全員の気くばりが功を奏したのである。わけても姉さん被りの主婦と手拭いで髪を包んだ主婦が重湯を作り続け、老婆が根気よくツタの口に少しずつ匙で飲ませた所為でもあった。また、仕事場は蚊が多いので、店先に炭火を入れた鉄の鍋で、刈りたての蓬を燻したり、夜には蚊帳を吊したりした毬栗《いがぐり》頭と青鉢巻き兄弟二人の親切さもあった。

正気を取り戻したツタは、石屋のみんなと同じ身繕いをし、食べる物も同じとなった。五日目には、風呂も便所も石屋の家族と同じ所を使えた。そして寝床も、大きな建物の一室で、爺さん婆さんと床を並べて休むことが出来た。さらに驚くことがあった。馴染の産婆さんが快気祝いを持って来た事であった。石屋の老婆が襤褸布で包んで捨てそうなツタの衣類を、奇麗にアイロンを当てて再生させた藍染もんぺ上下の逸品だった。そして言い訳をするのである。長いこと二代に亘って七人もの赤ちゃんの誕生を見させて貰ったのやから、この位のことせにゃ罰があたるわな。

第十三章　移ろう原点

石屋の家族が住んでいる家は、仕事場の北隣にあって、庭木のあいだの細い通路で繋がっている。

向かって左側が本家で右側が分家。二階屋根は棟続きで、二軒のあいだは広く共同で使う井戸と便所が備えてあって、洗濯物を干す竹竿が二段渡してある。本家の一角にある風呂場も共同使用で、子供たちが一緒に湯浴みする時は賑やかである。祭りの日とか盂蘭盆などの時は、本家の戸主毬栗頭が主体となって事を進めるが、弟の青鉢巻とて女房と共に協力を惜しまない。赤鉢巻の爺さんと婆さんは、その度に上座で満面の笑顔。その二人の背景になっている床の間の掛け軸には、太くて大きな毛筆の文字で〝水脈〟とあった。

ツタの快気祝いも、そのような情景の雰囲気で催された。

ツタの快気祝いの翌日は、西濃地区の石屋連合会の年次総会であった。会場は節田豪邸の総合たのしみ店。会長の選出集会でもあって関心度は高まっていた。赤鉢巻の爺さんも有力候補の一人となっていて、前評判も悪くなかった。長男の毬栗頭と次男の青鉢巻も、朝食を済ませると間もなく出掛けた。孫の少年二人も、総合たのしみ会場の奥舞台に掲げてある〝飛龍〟を見たいと言って一緒に出て行った。

残された女性たちは、石材店が休みであるのに、忙しかった。朝食が終わり次第、洗濯や掃除や後片付けなどを手順よく捌き、ツタも石工仕事場の石屑を拾い集め、婆さんの先導のもと店の軒先に石屑を並べ坂道を流れる雨水が店内に入らないよう作業を進めた。さらに蚊の襲来を防いだ蓬の燃え残りを、石屑に重ねての手作業をした。店の軒から店端にかけて大きな葦簾《よしず》が斜めに張ってあるので手作業は面倒だった。葦簾には〝休業中〟と記した厚紙が吊り下げてあった。

昼食を済ませると、女性たちは手持ち無沙汰となった。気紛れに自転車の上に蒲団を拡げ、また窓辺にも蒲団を広げて天日干しにしたりした。婆さんも欠伸を繰り返していたが、ツタを庭先に誘い出し伸び乱れた髪に鋏を入れた。丁寧な仕事振りだった。

切り終わった婆さんが一歩離れ、ツタを繁繁と見詰めながら自慢気に言った。アンタに一番似合う髪型にした。お河童髪で可愛いよ。美濃赤坂の在所が髪結いさんやったもんで、若い頃よく手伝わされたの。すると長男の毬栗頭の女房が言った。お風呂沸いたで、ついでに入るといいよ。近付いて来た次男青鉢巻の女房も口添えした。洗うの手伝ってもいいわよ。すかさず婆さんが、茶化し口調で揶揄った。昼間から風呂に入って!! どうしたこった、お姫様でもあるめえに!!。

皆が一斉に笑った。

するうち、日が西に傾くと、女たちは忙しくなった。干してあった蒲団とか洗濯物を家の中に入れたり、遊び先から腹を空かせて帰ってきた年少の子供たちのおねだりに応えたりしなければならなかった。けれどもツタは子供たちの人気者だった。

婆さんが夕食用の味噌汁の具を刻み始めたころ突然、長男の毬栗頭が帰って来た。分家の女房も自転車を止める音を聞きつけ、本家に駆けつけた。毬栗頭が息急いて家族のいる居間に上がって来た。お河童髪に切り揃えて間がないツタは立ち上がって驚き、毬栗頭を迎えた。

実はな!! と長男の毬栗頭が切り出した。総会は終わって皆で飲み食いの二次会になった所へ、野中稲次郎が遅れて遣って来たのや。美濃国分寺跡に三メートルと高い石塔を立てる仕事を、請け負わせた鳶職二人が他の現場から抜け切れず野中が煽りを食って、総会に間に合わなかったとのこと。野中の言い訳を無にして半ば酒に酔っている石工連中が、こじつけて揶揄った。ちょんがは仕様がね!! いくら深彫り名人やかとて嫁さんが居なくてはな。いい娘いねえのかよ!! 早う見付けなくちゃな!!。すると、酔っている赤鉢巻の爺さんが、ぽろりと漏らしてしまった。俺《わし》の家に相応しい別嬪さんを預かっとるよ!!。

そんなわけで、と毬栗頭が締め括った。満場一致で可決。どうやツタさん、相手は石塔の文字を深く彫り込む西濃切っての名人や。蒲団作りのアンタと名人同士で好いと思うよ。

ツタは躊躇した。顎を小刻みに振ったので失心するかに見えたけれども、毬栗頭には承諾の意思表示に見えた。だから即座に断言した。よっしゃ、決定や!! 早速花婿さんが迎えに来るからな!!。


三十分と経たないうちに、またも長男・毬栗頭が戻って来た。野中稲次郎を伴っての再帰だった。

ツタを迎えに来た野中は、油気のない髪を無造作に掻き上げ、丁寧に挨拶をした。その石工半纏を着た野中を、一瞬見たツタは亡夫秀市を偲んだけれど、直ぐに忘れた。目の前に生生と動く姿が、頼り甲斐ありそうに思えたからであった。本家の戸主毬栗頭も婆さんも、分家の青鉢巻妻君も拍子して迎え入れた。

時を置かず分家の妻君が、薄生地のショールをツタの髪に覆い被せた。その上に麦藁で編んだ冠を二人の少女が載せて花嫁を祝福した。つづいて別の少女も野道で摘んだ野花を贈った。さらに婆さんが、取って置きの真珠の首飾りをツタの首にかけ、頬を濡らして感涙に咽んだ。追っ付け稚児四人が、童謡メダカの学校を合唱し、石工の少年二人も民謡、群上の盆踊り音頭を唄った。雨も降らんのに袖しぼる、袖しぼる、と繰り返した。

本家の軒先を、庭木の繁みに沿って花嫁のツタと花婿の野中稲次郎は、西の道に向かった。蓬が群生する前川堤際の路には、一台の人力車が待ち構えていた。すでに日が西に傾き、あたりは薄暗くなりかかっていた。

待ち遠しかった人力車の車夫は、二人乗り客席に新婚夫妻を案内した。柄付きの御用提灯で客の足元を明るくして誘導し、乗り終わると二人の膝隠しの赤い布を覆い被せた。花婿の足の下には、石工の七つ道具が入った木の箱を足場にして安定させた。

人力車は西の道を北に向かって走った。進むにつれて前川の土手が低くなり、対する右側は八重垣神社の生垣と境内の高い樹木で、薄暗さが次第に濃くなって行く。隣に続く小学校も生垣の上に頭を出す講堂の蒲鉾屋根が、星空を区切っている。さらに人力車の幌が星空を追い詰める。小学校の西の道が東西に横たわる三叉路で、人力車が左に折れた時、花婿の野中稲次郎が初めて口を利いた。

この道は東に伸びて垂井駅に達するのや、俺は仕事場が遠い時は汽車を利用するけど、大概この道具箱担いで行く。石塔の文字彫りが得手やけど、赤鉢巻の爺さんには敵わん。

人力車が急な坂道を上り始めると野中は口を噤んだ。馬蹄形の梶棒を低く下げ、地下足袋の裏で石原のような凸凹道を蹴って上り行く。その様子が、梶棒に吊った御用提灯の明かりで、よく見える。客席を出来る限り水平に保って上るのが車夫の力量に違いない。口を噤んで汗する仕事師を見詰める花婿は、やはり頼り甲斐のある人と見るツタの、心に感じるものを覚えた。

人力車が坂道を上り切り、コンクリートで固めた岩手橋の平坦な道になると、花婿が途端にお喋りになった。いつ通っても、と言い始めた。垂井町と岩手村の境目が分からん。赤鉢巻の水脈爺さんはとっくに見分けとるのかも知れん。何んせ樹に木目と逆目があるように、石にも血管におぼしき水脈がある、と断言して止まないのやからな。俺なんか石文字の深彫りで、水脈を削って水が吹き出した苦い経験があるもんな。

橋を渡り終わって下り坂になっても、花婿野中稲次郎は喋り続けた。俺の先祖は伝来ご当地、漆原集落の大地主でな。俺の爺さんは自然石《じねん》に凝って、全国にある珍奇な石を集めて得意がった変わり者やった。そんな血を引いて、俺の親父は石屋になって、石垣積みにかけては右に出る者はなかった。けれどもな、相川と岩手川の合流点で、護岸用の竹編み蛇籠に石を詰めている最中、鉄砲水に襲われ、お袋ともども流されてしもうた。他の五人も下流の表佐で杭棒に引っ掛かって浮いとったげな。お袋と親父は今だに行方不明。俺は石塔文字の深彫り屋になったのやけど、何んとも移ろう家系で、時には大工さんとか兵隊さんとかになっておれば良かったかな、と思う事もある。

隣席で花嫁が大きな溜息をついた。花婿の野中稲次郎も重苦しい家系の話に飽きたのか話題を変えた。ほら!! と指差して言った。暗くて見難いけど、一本道の先の方に小さな明かりが見えるやろ。石灯籠なんや。台座が大きくて岩手橋から見える道標になっとる。あの灯明の前を真直に行くと小字下町。右に折れた道が、俺と靜姉《ねえ》が住んどる漆原なんや。いつも垂井に出る時の通い路なのじゃよ。

人力車の車夫は暗い夜道なのに、商売柄知り尽くしているらしく、提灯の明かり一つで、飛ぶような足速で走った。曲がりくねった住宅地の小路に入っても、速度を落とさなかった。やがて人力車を止めて、はい着きましたと報らせ、乗客の膝覆い布を外し、木の箱も下ろした。

浅野医院の通用門前だった。裸電灯の薄明かりの下で、野中が車代金を払いかけると、車夫が節田勇之介様から帰り次第払うと仰せつかっていますので、この領収書に野中様のお名前だけお書き下さいと言い、鉛筆を差し出した。野中が応えると車夫は、馬蹄型の梶棒の中に這入り、提灯の明かりを頼りに暗い道を引き返して行った。花嫁花婿の短い新婚旅行が終わったのである。

浅野医院通用門の外灯の明かりを頼りに、道を隔てて南へ、真直ぐに伸びる小路を野中稲次郎は、道具箱を担ぎ、片腕で花嫁ツタの肩を抱いて歩を進めた。外灯の明かりが届かない暗い小路を我が家の門先に向かって歩いた。どこかの飼い犬が、けたたましく鳴いていた。普段とは異なった臭いを嗅いでいたに違いない。

暗がりの中、野中が玄関前に立つと、引き戸が開けられ、懐中電灯を手にした大柄な静姉が、弟稲次郎を迎えた。いきなり稲次郎が言った。俺《わし》の嫁さん連れて来たよ!!。驚きと不審で目を丸くした静姉に言葉はなかった。いつもの通り稲次郎は、天井から吊られた紐を引っ張って廊下の電灯をつけた。廊下と言っても玄関から真直ぐに東へ伸びた三和土で、飛び石を踏んで途中まで進む。そこで履き物を脱いで北に向かう。ここからが本格的な板張りの廊下なのである。

花嫁のツタは戸惑った。これまで住んだ打ち綿工房を別としても、駅前蒲団店の混然とした間切りや、大きな構えの石屋の住居などを思い出すと、全く気が遠くなる程の構築間取りなのである。

履き物を脱いで板張りの廊下の直ぐ右側が居間になっていて、案内されて入ると座布団が二枚並べてあった。

石工半纏の花婿と並んで、薄生地ショールに麦藁冠と真珠の首飾り。小さな花束を持った花嫁が坐ると、白髪まじりの静姉《ねえ》が改まって、お祝いの挨拶をした。そして奥棚から持ち出した朱塗りの三方と三つ重ねの盃を食卓に置き、一升瓶を傾けて酒を注いだ。簡略ながらの三三九度契りの儀式となった。引き続き酒宴となり、飲むほどに酔い、酔うほどに多弁となった。花婿は花嫁ツタとの縁結びの経緯を、静姉に報告した。なんせ仲人は、石屋連合総会の出席者全員で、節田老人も加えて消防士たちも賛同者。それに花嫁ツタの事を紹介したのが、最長老者の水脈赤鉢巻の爺さん。まったく忙しない婚礼やった。

そこで静姉が合いの手を入れた。まったく稲ちゃんには持って来いの、お嫁さんやわ!!。花嫁のツタも、酔ってはいるが二人の話に耳を傾け、顎を振ったり目を丸くして肩を窄めたりして楽しんだ。静姉と稲次郎が子供のころ、一面に花咲く蓮華田で寝転がって押し倒し、お百姓さんにこっ酷く叱られた思い出話には腹を抱えて大笑いした。花嫁飾りが崩れ落ち、盃の酒も飛び散った。

何を思ったのか野中稲次郎が突然立ちあがり、廊下に置いてあった道具箱から白い封筒を取り出して席に戻り、一枚の白い書類を引きだして読んだ。急告要請の書　今般臨時討議に於いての緊急要件の旨　受諾されたし　要件伊勢護国寺の石柱三文字深彫り作業　午前十時営門にて待つ　岐阜陸軍師団通達班。

すっかり、と野中が言った。忘れていて許して呉れ。こんな訳であしたの朝は七時に家を出発、垂井駅まで道具箱担いで歩いて行くから、間違いなく送り出して呉れ、頼むぞ。深酔いしている靜姉は、何言かを呟きながら、廊下の奥の方にある寝間へと向かった。玄関の直ぐ隣りにある仏間には、新婚夫婦の蒲団が敷いてあった。

翌朝、靜姉と花嫁ツタは、板張り廊下の出口から、稲次郎を見送った。三和土東端の裏口を出て、踏み付け路から薬師堂の墓地を真っ直ぐに横切り、村道へ出て垂井町に向かう道を辿るのが、習慣になっていた。けれども今朝の稲次郎は、三和土の飛び石伝いに出て行く足取りが、心做しか重かった。新婚初夜の名残りに後ろ髪を引かれているのか、それとも肩に担いだ道具箱が重いのか、石工半纏の色合いも暗い感じであった。赤紙召集令状ではないけれど、軍師団の急告要請には、逆らえなかった。

薬師堂の朝のお勤めで叩く木魚の音が聞こえていた。

野中稲次郎が家を出て、かれこれ二ヵ月たつのに帰って来なかった。

ツタの月のものが無くなり、お腹が膨らんでも稲次郎からの音沙汰はなかった。靜姉が按じて浅野医院に連れて行き、診断を受けたがすでに懐妊して五十日すぎていた。診察室で老医が警告した。お見受けしたお歳では、臨月八ヵ月後の出産はご無理です。もしご希望とあれば、施設の完備された大きな病院に行って出産される事ですな。あるいは堕胎をお望みでしたら、それ相応の専門医をお探し下さい。どうしても産みたくないとあらば、医者としては責任は持てません。危険きわまる結果とならないとも限りません。いずれにしても御身を大事にして過してください。

なんとも突き放された他愛のない放談であった。ツタの持病のダブルショック症が出ないのが不思議であった。石屋の婆さんから贈られた真珠の首飾りの所為と靜姉が言うけれど、真因は分からない。ところが、医学会の季刊誌に療養研究所の女医がダブルショック症に就いて発表している記事を、浅野医院老医の長男元康が読み、その話を妹の看護婦真貴が聞いたとの事。記事の内容は耳後ろと肩の筋肉を指先で摘んで軽く揉み解すと良い結果をみることが出来る、と説明してあったと言う。真珠の首飾りがその役割をしたに違いないと元康は推定したらしい等と真貴看護婦が靜姉に話したのである。

ちなみに靜姉と真貴看護婦とは七つの年齢差があるけれど、幼稚園のころからの仲良し友達で、今だに靜ちゃん真貴ちゃんと呼び合っている仲なのである。

その日は都合よく、近くの畠でツタが汗みどろになって、鍬仕事をしている最中であった。その姿を見ながら靜姉が、真貴看護婦に説明をした。真向かいのお婆さんがな、産みたくなかったら、三月《みつき》前までやったらな、汗水ながして働けば、お腹《なか》の赤ちゃんは育たずに、汗と一緒に流れ出るもんや!! と教えられ、すっかり信じたツタは、その気になって働き捲くっとるんや。私《うち》には何処まで信じていいのか分からんけど、出来る事なら赤ちゃんが、汗と一緒に流れ出るのを祈って上げたいわ。本心から!! 真貴ちゃんも神かけて祈って欲しいわ!!。

真貴看護婦は、指で顋を支えて考え込み、小さく頭を振ったけれど、言葉がなかった。そんな二人の姿を、いつの間に現われたのか東隣の薬師堂の老僧が見ていたのであった。而して己れを諭す口振りで呟いた。無償の無は、夢中の夢の根元なんじゃな!!。

玄関先の大きな石が、老僧の常席となっていた。緑がかった黒光りしている自然《じねん》石で、横長の椅子として使うには恰好の形をしていて、そのうえ背凭れにすると具合良く寛げるもう一つの自然石が据わっている。老僧が日和のよいときには、普段着の黒い衣姿で、ぶらっと来る。この石はなと解説する。先祖伝来の石材商人が集めた昔懐しき上質品でな!! と自分事のように自慢するのである。そして気が合うお喋り相手に出合った日には、饒舌に油が乗る。その自然石に腰掛けていると、いろいろの人に出合えて世の中が広くなるというのが持論。それは薬師如来のお導きだから喜んでお受けしなければならないと弁明するのである。

世の中、その時代につれての流れがあってな。人達も千差万別。これらの人人に巡り合える恩恵好観。例えば、肥やしを混ぜて土を作り出す人、耕し畝をたてる人、種を蒔く人、育てる人、刈り取る人。総じて、それぞれの手仕事には、先達から教わり、引き継がれた歴史というのが有って、世の中が成り立っとるんやな。

老僧は話に昂じて多弁になって行く。

な!! そうやろ。今こうして腰掛けとる二つの岩石とて、急に出現したのでなく、私《わし》が腕白を振る舞っていた時には、すでに在ったし、それをここに運んで来た人手さえも、一つの歴史を形成しとるわな。そんな物を急に砕いて消し流し、捨てることは出来ん。邪道というもんじゃよ。そうじゃろ?!

それにしても、人の世は常に潤いを求めて果てしないわな。このところ姿を見せない稲次郎サとて、やっぱし歴史の流れから逃げ出せんでおると思うよ。なァ、そうじゃろ。静姉サ。違うかな?!。

ツタの無我夢中で、尽きない執念に終《つい》がなかった。滴り流れる汗を拭いもしないで勤しんだ。自己流堕胎に成功したのである。

時には疲れて、玄関と自然石の間にある芝生に寝ころんで、腰を伸ばしたりした。そんな時に偶然、農協の配達係官が前もって静姉が注文しておいた薪や食材などを届けに来た。ついでということで、腰を伸ばしているツタを見て、即座に指圧を始めた。首とか腕とか腰の痼りを指先で検診し、続いて筋肉を押したり揉んだりした。静姉と真貴看護婦が訝って尋ねると、疲労回復治療の資格の持ち主であった。

その出来事を真貴看護婦が兄に話すと、激労堕胎の患者へは要注意と警告しながら、長い目で療養するようにと助言された。その兄浅野元康は、岐阜県立病院の医師で、日曜日に帰省し、老父医院長の相談に乗ったり助言をして、翌朝早く勤務職場へ戻るのである。

ところで激労堕胎をしたツタの後遺症を按ずる人は少なくなかった。腐心する静姉は言うに及ばず真貴看護婦や自然石で屯する人とか、薬師堂の老僧夫妻などは、あれやこれやと気配りをして呉れた。老僧に至っては、朝夕のお勤めの折にツタの回復を祈願し、奥方の手料理とか薬師如来への供え物などで見舞ったりした。もちろん真貴看護婦も、老母が調合した薬を切らさず運んで来た。

こうした幾多の慈悲に恵まれたツタは、思いのほか感動が希薄で、体力が徐徐に回復する喜びの頬笑みさえ見せなかった。かつて、瞬時の衝撃で失心した異状神経は、激労酷使で流した汗雫と一緒に垂れ去ったようだった。静姉は悲嘆にくれ戦慄《わなな》いた。

第十四章　復活悲話

折りも折り、真貴看護婦が中年男性の来客を連れて遣ってきた。白衣に薄緑色の詰め襟の服を着ていた。静姉と視線が合うと、笑顔で片掌を振って軽く挨拶を交わした。

けれども病み上がりのツタには、見たことのない中年男性なので、艶失せた顔を隠さず強い目付きで珍客を見詰めた。真貴ちゃんの弟さんで浅野穣賢《じょうけん》さんという方なのよ、と静姉に紹介されても、表情は変わらなかった。

私《うち》が止めたのに、どうしても伝えたい事があると言って利かないの、と真貴看護婦が言い訳をした。それでもツタは表情を崩さずにいた。自然石の腰掛けから立ち上がることさえしなかった。

静姉から自然石の空いている片方の席を勧められた浅野穣賢が石に腰掛けた。そして改まって口火を切った。あんたさんが野中稲次郎君の奥さんですね?!。自然石の片一方に腰掛けていたツタの肩がぴくっと動いた。背凭れの石に片手をついていた真貴看護婦が動いた肩と、弟の穣賢を見比べた。確実な反応を見られないので戸惑う弟の心情が真貴姉には解った。けれども穣賢は、口火を切ったからには、止める訳に行かない様子だった。

是非お伝えしたい事は、と浅野穣賢が報告を始めた。三カ月前に私《わし》は陸軍省機関の下仕事を請け負った研究所員の一人として、東南アジア在住の日本兵士の健康状態を密かに調べるため派遣されてな、先ほど家に着いたばかりなんや。軍律きびしいので詳しくは話せないけど、外地でタタカウ日本兵士は思いのほか多くてな、忍者もどきで見て回る密行調査は容易でなかったよ。われわれ調査員は日本語で一度なりとも声を出してはならない厳律があって拘束著しい限りの潜り仕事やった。それなのに私《わし》は、つい日本語で声を出してしまってな。懲り懲りの程や。もう金輪際行きとうないよ。何んせ、あからさまに言へば、銃殺されるべき犯行をした事になるからな。

静姉も真貴看護婦も、遠い遠い外国で銃殺されかかった話に興味津津。自然石の背凭れに身を乗り出して聞き入っていた。浅野穣賢の話に油を注ぐような姿勢だった。

私《わし》は逃げたよ。海に飛び込んで、潜ったりしてな。死にもの狂いやったよ。ところが、有ろう事に、漁船に助けられてな。その上、船倉には働けなくなった急性患者がいるから治して呉れと言う。応診したところ、足が引き攣って我慢できん、日焼けした顔を歪め歯を食い縛る。私《わし》は彼の足の筋肉が何かに冷やされ萎縮したものと診て、熱湯に漬けたタオルを搾って、患部を温めたり揉んだりしたよ。イノチ拾いをした恩返しと言った所やな。そんなしとるうちに漁船は伊勢湾に這入って、今の私《わし》がある訳や‼。

話を聞きながら、真貴看護婦も靜姉も、涙ぐんでいた。暫くして、真貴看護婦が質問をした。一体全体、死にもの狂いにさせたのは何なの？ すると弟の穣賢が答えた。戦争やな。詳しく説明するとな、私《わし》が軍律違反でしくじった場所は、木の橋を造っとる最中の工事現場で、日本軍が重要としている島を占領するための突貫工事で橋を急いで造り、日本兵がその橋を渡り終わったら即座に爆破されるのや。それがな、実際に橋を造っとる人足は、全部イギリスとオーストラリア兵の捕虜なんや。ところが日本兵が橋を渡り終わり次第、その橋は爆破され捕虜たちも諸共こっぱ微塵の亡骸とされてしまうのや。

そんな結末を知っているのか知らないのか、酷使されている捕虜を監視しとるのが、なんと日本人の軍属兵士なんや。軍服とは違った色の監視服を着て目立たない風采。それでいて、厳しい剣付き鉄砲で待ち構え、怠慢な捕虜を突き殺すのや。そんな軍属の一人を見て私《わし》は、つい声を掛けてしもうた。野中稲次郎君‼ となる。返答はなかったけど、彼は唇を緩めて微かに顎を振ったよ。しまったと思った瞬間、私《わし》は橋のした目掛けて飛び込んだな。軍犬が吠え立て追っ駆けて来たような気がしたよ。

緊迫した話で、野中稲次郎の名前を挙げた途端、俄かに立ち上がったツタが転倒した。背凭れの自然石に乗り出す恰好で話を聞いていた真貴看護婦の片腕に、ツタの頭が当たり危機から免れた。けれどもツタは失心していた。即座に真貴看護婦が、ツタの背中を両腕で支え、駆け寄った静姉も失心状態の両脚を抱えて玄関に向かった。そのとき真貴看護婦に閃いたのは、かつて兄の元康から聞いたダブルショックの事だった。ショックが重なると失心状態が長引き、回復するのが数時間後。そんな異質の人がいるとの事であった。慌てたのは弟の浅野穣賢であった。急いで野中家の玄関に入り、靴を脱ぐと失心状態のツタを受け取り、仏壇前まで運んで万年床の蒲団に寝かせた。痩せ細ったツタは思いのほか軽かった。しばらくのあいだ眠るから、心配せんでも良いわよ、と真貴看護婦が言った。

静姉はもちろん、真貴看護婦も弟の穣賢も、ツタの健康回復に腐心した。薬師堂の老僧も見舞いがてら、自然石からの眺望を楽しんだ。

遠くに見える小高い南宮山の麓を白い煙を吹かして、東海道本線の汽車が走る。細長い一本の蕎麦乾麺ほどに見える。その直ぐ向こうに中山道が横たわっているはずなのだが緑の繁みに阻まれて見えない。それらを風景の一辺とする平野は、底の低い皿のように窪んでいて、老僧名付ける不破の里となっている。大雑把に七粁四方ほどの風景の中で、かつて十七万の軍勢が入り乱れて戦った天下分け目の合戦場とは思えない。多数の戦死者が犠牲になったであろうに、鎮魂労慰経さえ唱えられていない、と老僧は訝ったりする。それらを無にして、風光明媚を讃歌している自身を自戒するのだが、薬師如来に許されるだろうか？　これも悲願の一つなのや、と老僧は言う。

僅かながらも回復の兆しを見せて来たツタは、気が向くと自然石に腰掛けるのだが、話し掛けられても、口をあんぐり開けたまま空を見詰めているだけであった。それでも時として老僧が話し掛けた。

私《わし》には三人の子がいてな、長女は梅谷のお寺に嫁ぎ長男は小学校の校長を退職して宮代村で議員をしとる。次男は柿の名産地本巣糸貫で栽培仕事をしとるのやが、滅多にしか会えん。ただ孫たちが盆とか正月に来て呉れることは楽しみや。これも薬師如来様のお導きと感謝しとる。

こんな他愛ない話なのにツタが時時口元を緩ませ、小さく顎を振ったりした。不破の里が雲切れて日差しが届き、明るくなった。

薬剤師の老母が調合した内服薬を、弛みなく真貴看護婦が運び続けた。そして静姉も根気よく、重湯を造って飲ませたので、ツタは良く眠れた。だから何時とはなく顔に張りが蘇り、髪も艶が出てきた。さらに玄関先の自然石に腰掛け、日向ぼっこをする事も多くなった。係わった人たちも明るくなった。

然う斯うしているうちに、自然石の珍品を見に来たり、不破の里の風景に見蕩れ楽しむ人が現われたりした。そうした人達の一人で、女性の絵描きさんがいた。南宮山の遠景とか不破の里の広大な風景画をスケッチブックに描いたりしていた。薬師堂の老僧によると、絵描き女性は小学校の図工を教える先生だそうで、浅野医院前の道を挟んで西に建つ棟割り長屋住まいとの事。日曜日に限って写生に来るのである。すでに病弱で窶れたツタの肖像素描をスケッチブックに収めていた。いずれツタが元気を取り戻したら、窶れた肖像と合わせて一枚の絵にしたいと言う。ツタにしてみれば全くの夢物語で、実感が湧かなかった。でも絵描きさんと顔見知りになったことは事実であった。

ある日、老僧の計らいで漆原を一周する遠足となった。真貴看護婦と弟の穣賢は都合がつかないので参加しなかったが、随意集合者は十三人となった。浅野医院前から竹の杭に支えられた生垣に沿って西に向かい、屋根つきの辻地蔵の手前を左に折れて、畦道を南下。病後、完全回復をしていないツタは歩くのが遅く、人後に落ちた。それでも静姉と絵描き先生が歩調を合わせ同行したので、遅れながらも付いて行けた。

畦路は田圃の区切り毎に段差があって低くなる。蓮華田の赤紫色に咲き誇った花群れの美しさに見蕩れてしまう。ようやく民家の生垣に沿って小路を進み、ツタたちが垂井町に通じる村道を横切った時には、下り坂の先端にある多度神社の前で、老僧が先頭グループに何事かを話していた。下り坂に面した麦穂田が育成途中の青針を揃えて揺れていた。

昼食は多度神社の境内となった。社前の石段を背にして参加者たちが、老僧を取り巻いて座を決めた。すると老僧が竹の子の皮に包んだ御結びを開け拡げ、浅野医院の老母《ばあさん》からの届け物と説明。それに負けじとばかりに、絵描き先生が小さくて可愛い御結びを配り回った。食べながら老僧が喋り始めた。

私《わし》が少年のころ、この境内で盆踊りがあってな。小石の重みで吊りさげた蠟燭提灯の明かりの中で、音頭取りの唄声に合せてな、二重の輪になって踊るのを見蕩れておったよ。ふと目を逸らし隣の女の子を見ると満更でもない顔しててな。つい私《わし》はその子の掌を握ってしもうた。そしたらな、握り返すでねえか!! その隣に友達らしい子がいたけどな、構わず私《わし》は掌を握ったまま連れ出したよ。そしてな、墓場の中を通って竹藪に覆われた板橋の上で、しっかり抱き合って離さなかったよ。家に帰って見たら足も手も首も、蚊に刺されて赤く腫れてたな。母《かあ》さんが蕁麻疹やから浅野さんに行ってこいと勧めたな!!。その女の子は如何したやろな!! 伊東久恵とか言ってたな。

話を聞いていた参加者たちは掌を叩いて、呆れ声。坊さんも隅に置けないな!!。お結びをせがむ人さえいた。ツタも少年と乙女子の抱擁に刺戟を受け、急に立ち上がった。可愛いお結びを配って手持ち無沙汰になった絵描き女性も立ち上がって言った。私《わたし》先生辞めたの!!。境内の外では、農協の配達係官が大きな声で報告した。準備して来た湯茶は全部なくなりました!!。

日を置いて浅野医院の通用門の軒下で、真貴看護婦と弟の穣賢が敷石を水洗いしていた。毎年のことであるけれど、今年も燕が巣を離れて飛び去って行った。あとに残った三箇所の巣床と、その下に残った白く平らに固まった汚れ物を洗い取る作業は、真貴看護婦に委されていた。けれども今年は穣賢がいるので捗った。それに患者の野中ツタが思いの外通院するまでに回復したので気分もよかった。

するうち、通用門の前に小型のオート三輪が止まった。農協の配達係官が積み荷の一部を担いで、野中の家へ届けに行った。無人停車だった。気を注いだ穣賢が戸惑わず車に近付き運転席のサドルに跨った。そして両腕を開いてハンドルの両端に気配りして動かし、懐かしいなと呟いた。

間もなく農協の配達係官が戻って来た。符号をあわせたように穣賢が始動レバーを踏むエンジンの音が響く。すると走って来たツタが物珍し気に覗き、後追いして来た靜姉が一本の短い棒状のものを、配達係官に渡した。その扇子を拡げた係官は音符で綴られた珍品に目を遣り、苦笑いした。自然石の老僧に見せて置いたのを、すっかり忘れていたのである。照れ隠しに配達係官が、エンジン始動のうまい穣賢を褒めた。なかなか堂に入ってるでないか。すると穣賢が得意気に言った。インドネシアでは随分乗り回したからな!! 透かさず係官が勧めた。どうや、その辺まで走ってみねえか。

その声に誘われたように真貴看護婦が緑生地に花柄模様のもんぺ姿で荷台に乗り込み、負けじとばかりにツタと静姉が、揃いの紺生地に白絣模様を設けたもんぺ姿で荷台に攀じあがった。係官は助手席に窮屈な思いで乗り、運転手となった穣賢がエンジンを吹かせた。いざ発車と思いきや、私《うち》も乗せて!! と叫びながら駆け寄って来た女流画家が、息急いて飛び乗った。黒地に赤白緑の棒縞シャツが揺れていた。オート三輪車は発車し、草蔓が絡まる竹垣と勢い良く伸び繁った稲田との間の道を走った。

トタン屋根で覆われた辻地蔵の手前を右に折れ、荷車しか通らない農道を直走した。荷台の女性四人は、非道く揺れるので、運転席の幌屋根を支える鉄の枠に捕まったり、手近な人の両肩に掌を掛けたりして、揺れに耐えた。静姉は配達先に届ける荷物に腰をおろしているけれど、時として積荷もろとも跳ね上がった。女性たち四人が身に着けているものは、すべて揺れていた。

やがて震動が小さくなり、オート三輪車の速度が落ちたかと思うと、幌屋根の下の運転席から、鼻歌が聞こえた。するうち歌声に力が入り音域の高い男声音となった。合わせて男性の最低音域の歌声が同調した。緩やかな速度で運転する穣賢の男声ソプラノと、音符絵つきの扇子を扇ぎながらの配達係官のバス音声が調和して、青い空と田園風景の舞台を歓盛する。女性たちの震度は歌声で麻痺した。女流画家がハミングで歌い、真貴看護婦は肌を指で打ち調子を合わせた。外国語で歌っているので意味は解らないけれど、静姉もツタも顎を小刻みに振りながらリズムに乗っていた。空は白い浮き雲もなく晴れ渡り、風も秋を呼び寄せる爽やかさがあった。

農道が終わると、村道が横たわっていた。

村道を北に向かうと短い上り坂になっていて、あがり切ったところでオート三輪車が停車した。助手席の配達係官が、危ないから止まって呉れと警告。間もなく細い線路が音はげしく響き、土を盛った木枠のトロッコが激しい音をたてて走り過ぎた。村の小母さんが木枠に掴まり、若い娘がブレーキ用の丸太の尖端を握ってぶら下がる恰好で瞬く間に通過。助手席の配達係官が説明をした。左奥の山襞を掘り抜く隧道工事をしとるんや。いつの世も危険な仕事をするのは底辺の恵まれない人なんやな。

線路を越えて下り坂にかかると、急に話題を変えて喋った。オート三輪も止まった。突き当たりの藁屋根は、四人の息子を皆んな兵隊にとられ、一人で百姓をしとる軍国の母と噂高い家なんじゃ。右の道を辿れば大石集落で、三大村社の津島神社があって、谷渡りで有名な仕掛け花火の火薬を作るのは十五、六歳の少年たちなんや。学校へも行かせて貰えずに炭粉で真っ黒になって大人の手助けしとるのじゃ。ところで、これから注文品を配達に行くのは道を左にとって走るんやけど、車の運転大丈夫か。ううん、それじゃ引き続き頼むよ。

オート三輪の運転を続けることとなった穣賢は機嫌が良かった。車の揺れ具合も少なかったし、荷台の女性たちも和らいで、お喋りに花を咲かせていた。

静姉　トロッコに乗ってた女の人。

ツタ　怖気《おそげぇ》ねえやろうかな。

真貴看護婦　真逆《まさか》と言う事もありそうね。

画家　命懸けの仕事やわ!!

ツタ　私《うち》らにそんな仕事あるかしら。

真貴　命懸けで逃げて来た弟に教えて貰いたいわ。

画家　注射やかて罷り間違えば終わりに成る事だって有るものな。
靜姉　終わるなんて、そんなの嫌よ。
画家　けれど、一回でいいから命懸けの恋をしてみたいな。
真貴　それで終わるって事？　嫌だわ。
ツタ　そんなに何回も恋してたらハートが粉粉になって。
靜姉　吹き飛んで仕舞うわ。
真貴　命懸けで力尽きたら逃げる事も出来んわね。
画家　そう言えば今も関ヶ原の駅では、命懸けで働いている人がいるのよ。
靜姉　信じられん!!　嘘やろ。
画家　小学校に勤めて知ったんやけど、関ヶ原駅では急行列車が止まらんから、命懸けで働いている人の事を知られてへん。小学校でも教えないし、周辺の人も知っとらん。知っても御法度で口にしたら懲罰ものよ。
　蒸気機関車一台の馬力では垂井駅から野上あたりまでの急勾配の上り坂を走り切れんので、大垣駅で後押しする機関車もう一台繋いで列車を走らせるんやけど、関ヶ原駅で後缶を切り離すことになる。ところが急行列車となると、関ヶ原は通過駅なので後缶を切り離すのは容易でないのよ。ここからが危険極まる命懸けの仕事なのね。関ヶ原駅に差し掛かると、下請け職員の一人が後缶の前部に奮い出て、猛烈な速さで走る列車の、連結器に蹲んで鎖つきの鉄の棒を引き抜くんやって。

まったく想像しただけでも、びびって終いそうやわ。これほど迄に打ち込んで絵が描けたら、と思うけど今の私《わて》には、叶わぬ夢だわね。


荷台の女性四人の懇話が続いている間も、オート三輪車は走った。丘ほどに低い山の麓に沿って曲りくねった路をゆっくり走った。間を置いて農家や桑畑などが並ぶ。運転助手席の配達係官にも、女性四人の話は聞き取れた。配達係官は世のなか広く博識なはずなのに、関ヶ原駅の猛進中の急行列車から切り離す命懸けの仕事を初めて耳にして驚愕の思いでいた。まして他言懲罰が有ると言う。ガードを固めてやらなくてはと言う口は重かった。

女性たちは喋り疲れたのか静かになっていた。山際にへばり付いたように建つ祥光寺と田圃を隔てた徳法寺は農協配達の顧客なのだが今日は注文がないので通り過ぎた。路は曲折して北に向かう。左の方には、と配達係官が運転手の穣賢に教えた。村社の岩崎神社があって、これまで山際沿いに走って来た一帯を字名で宮ノ前と言うし、二軒のお寺に桶屋、鉽力《ぶりき》屋、豆腐屋などあるけれど、盆と正月、村祭りの日以外には殆ど人通りが無い。俺《わし》はずっと不思議なのやが、どうなっているのやらな。神様のお導きなんやろうかな⁇　これから品物を届けに行くのは、その宮ノ前の総代さんの家なのじゃ。ほうら見えるやろ!!茶黒い瀬戸物板を貼りつけた洋館建ての家、そうや彼《あれ》なんじゃ。届ける品物は花茣蓙一式七巻きと薪三束に白米五升に醤油瓶一本。悪いけど手伝って貰えないかな。女の人たちは、多い荷物と共に座り辛かったやろうけど、よく我慢して下さったよ。

オート三輪車から、注文の品物を運び出すあいだ四人の女性は宙に浮いた状態であった。それかと言って三大村社の一つの岩崎神社まで散策するには、気が重かった。ことに白髪まじりの静姉は、どこかで腰を下ろして休みたかった。

ツタは好奇心から、近くにあると言う桶屋とか錻力屋を覗きたいと思った。真貴看護婦は縞模様のシャツではあるが、子供の姿を見掛けないので病気など流行っているのかと思い落ち着かなかった。女流画家は風景に見蕩れて、田圃の畦で立ち続けていた。田園風景を横切って走るトロッコを無視して、広く遠く霞む南宮山や不破の里などの遠景は、漆原の自然石からの眺めとは一味違って、濃尾平野の美観となっている事に気が付いて、風景美の追究の仕方が変わったように思ったと言う。

やがて帰ることになり、こんどは運転手が変わって、助手席に腰を据えて気楽になった穣賢が、童謡を歌いだした。荷台の女性四人と運転手の配達係官のバスも加わった。目高の学校は川の中……男女六人の合唱の歌声はオート三輪車の音伴奏と共に帰路を走った。

トロッコ踏切りを越え、下り坂が終わった所で、オート三輪車が止まった。穣賢が降りて来て説明した。配達商品を今日中に届けなければいけないのが沢山残っているから、皆さんをお送りするわけに行きません、と言ってました。すでにオート三輪車は走り去り、明泉寺の前から農協への道に向かっていた。

残された穣賢と女性四人は、農道を歩いて辻地蔵への道を辿って歩く。西に傾いた日差しが、五人の人影を道端に写して撫で移る。どうしてか？　ツタが遅れがちだった。移ろい楽しんだ余韻を味合っているかに見えた。真貴看護婦が按じて呟いた。留守している家を心配しているのかしら!!。でも靜姉が宥めた。薬師堂の老僧が留守番して下さっているわよ。

穣賢が穏やかに童謡を歌い始めた。女性たちも一緒になって歌った。夕焼け小焼けの赤トンボ負われて見たのは何時の日か!!。後れがちなツタだけが歌わなかった。その上、曲が変わって烏の歌。烏なぜ泣くの烏は山に!!。このとき女流画家が茶化した。烏の勝手でしょ!!。皆は歌声を止め爆笑した。ところがツタだけが笑わなかった。涙さえ出していた。皆んなは振り向かず、浅野医院への道に向かった。けれどもツタは辻地蔵の前で、西の方を向いて両掌を合わせ頭を垂れ、黙礼した。

そんなツタと一緒に静姉が家に着くと、薬師堂の老僧が一人で、仏間の仏壇前で読経していた。鉄砲水で往生した故人の月命日なので、と弁明した。また真貴看護婦もツタ患者のカルテを検捜し、異例掻爬の欄には嬰児五人出産（木下医院よりの伝達）とあるのを発見し、すべての子が西の方に住んでいるので、その我が子を偲び安泰を祈ったに違いないと推定した。

已んぬる哉、その後ツタは鬱鬱として仏間の寝床から出なくなった。もちろん静姉も真貴看護婦も、ツタの病状回復のために尽力を集注させた。静姉は重湯と山芋おろしを入念に作って与え、真貴看護婦は老母が調合した催眠薬と栄養補給薬をせっせと運んで気を使った。

女流画家も風景画とツタをモデルにしてスケッチした素描を組み合わせての抽象画作品が、日展の奨励賞を受けたと自慢話をしてツタを元気づけ、薬師堂の老僧も昔少年の頃、盆踊りの会場で手を握ったあの少女の話を繰り返し、今は年老いて健忘症となって、屢屢お巡りさんのお世話になっているなどと、面白可笑しく伝えてツタの口もとを緩ませた。

そして付け加えなければならないのは、真貴看護婦と穣賢が困っている問題に相応の解決案を提供した県立病院専科医師の元康兄の存在であった。こうした周りの人たちの配慮でツタは徐徐に回復し、月日を重ねるうちに一人で浅野医院へ通院できるようになった。院内で真貴看護婦や薬剤師の老母などと懇話したりして和んだ。帰り際に元院長が車椅子で見送り、独り言のように呟いた。学校の小使いさんを探しているとか息子が言っていたな。ツタは聞き流して直ぐに忘れてしまった。息子の穣賢は医師の資格を取り戻し、小学校の校医になっていたのである。

雨が降ったり止んだりの愚図ついた日が続き、風が強く吹いたりしたので、自然石も空席の日が多かった。或る日、昼過ぎから珍らしく穏やかな日和となった。ツタは靜姉の勧めでぶらっと散歩に出た。

第十五章　小学校への道

浅野医院の通用門前から西に向かい、辻地蔵ぎわで戸惑った。右への道は以前に歌声で鬱になり、左への道は漆原一周の遠足で楽しんだ思い出のある小路。今更歩いても二番煎じとなる。ところが真っ直ぐ西への道は、通行禁止とあった。工事中のようである。それでもツタは好奇心に煽られ荒縄を潜った。年甲斐もなく大変な冒険をした思いだった。

ツタが踏み込んだ地面は平たいけれど、雑草混じりの小さな土の山があちこちに散乱し、工事で使う用具も投げ遣りに置かれてあった。仕事の途中で一服でもしに行った様態だった。何処かから運んで来た土で田圃を埋め潰し、土盛りして固め、土手の様に造られていた。そんな工事現状の土手が七百メートルほど続いていた。最後の途切れた箇所には道幅いっぱいの溝が掘ってあり、土管を繋いで土で埋め立てつつある様子だった。新道新設と記した立て看板があった。

続く従来の道は石塊まじりの下り坂で、断崖と思しき段差いちじるしい断層が横たわっている。その際には稲田があって土壁の大きい倉庫が立ちはだかっている。ツタが通りかかった道の左右には金平百貨商店と金平倉庫の表示文字が読めた。そして倉庫前の広場には三十人ほどの工事人足が胡座をかいて並び、国民服にネクタイを締めた五十半ばの役人からの教訓訓示に耳を傾けていた。いいか、天皇陛下の行幸があっても恥ずかしくない道を作るんだぞ、分かったな!!。ツタが耳にした役人の言葉であった。格子戸構えの金平百貨商店を通り過ぎたツタが板張りの橋を渡ると、変型五叉路となっていた。右から二本目の小路を選んだツタは民家があるごとに折れ曲がる小路の風景を楽しみながら歩いた。生け垣や石垣などで屋敷を囲った風景を、知り合いの女流画家なら何のように観るだろう、と想像したりした。

するうち石塊だらけの上り坂に出合わし、路向かいの石垣の角に細い石柱の文字が目についた。明泉寺とあり矢印が右を指していた。石塊の坂道は僅かに左に反れて西に伸び、左側には岩手駐在支所に続いて、黒い板塀の建物と薄緑色の平屋が並んでいた。その二つの建物の間には自転車と荷車が駐まっていて、奥まった所に見覚えのあるオート三輪車が駐っていた。配達係官の姿はなかった。その道向かいの広く区切った畠には農作物が畝の列をつくっている。その向こうに枝葉を大きく広げた巨樹の幹が三本泰然と並んでいる。村人の自慢となっていて、避難訓練の待機場にもなっている。

視線を近くに移して、ツタが見た薄緑色の建物は農協商品の販売所で日用雑貨を取り揃え、金平百貨商店と売り上げを競っている、と配達係官に聞いたことを、ツタは思い出した。その農協商品販売所は四つ辻の一角になっていて、西側に面した村道は村で最も幅の広い大通り。南北に伸びていて、ツタがもたもたして立ち止まった周辺が中心地のよう。農協に村役場と製材所。それに西南の道角に一際目立つ建物、二階建ての白壁に金色塗料で固めた円に玉の表記文字。かつて夫秀市が座布団五十枚を納めた割烹旅館は、ここなのだろう、とツタは推測したのであった。

それにしても、浅野穣賢医師が校医をしていると言う小学校が見当たらなかった。ツタはまごつきながら徐徐に歩いた。村役場の北に大きな丸太二本を梯子のようにして立てた火の見櫓が見えた。見上げた丸太の先端に半鐘が吊りさがっていた。その道東に塩の看板を出した店があって、尋ねると顎をしゃくって、ツタの後方を指した。広い運動場の一辺に木木の枝葉で見え隠れする校舎が見えた。けれどもツタには入口つまり正門が分からなかった。重ねて聞くと店の主は、半兵衛広小路の北端や、と突っ慳貪に教えて呉れた。ツタは再び歩を進めた。

運動場と広小路との境には黒土の低い土手があって、その先には濠湟《おほり》があった。反対側の広小路に沿って店店が並んでいた。先ほど小学校の正門の在り処を教えて呉れた調味商店の隣に並んで、染物屋、髪結い屋、洗い張り屋、綿打ち直し取次ぎ店など。ツタは自分の過去を辿ったような錯覚がした。

取り次ぎ店は路角になっていて、その小路からは枝葉が鬱蒼と茂った巨樹の並木が見えた。そして、その小路を挟んで大きな建て物があった。二階建ての総合住宅とでもよべる珍物で、それぞれ二階の窓辺には看板を出していた。新聞販売店、自転車店、刃物研ぎ屋。そして北外れの軒先に赤いポストを据えた郵便局。そのうえツタが驚いたのは濠湟《おほり》を携えた広場と、蔓草生い垂れた高い石垣に両側から支えられた櫓門であった。

ところがツタは、お城は疎か櫓門なるものを目にする事さえ、生れて初めてのことであった。それだけにツタは、気が遠くなるほどの驚きを覚えた。接近して見る気力も湧かず、広場の端で立ち竦んでしまった。

晴れ渡った青い天空のもと、白壁尽くめの櫓と屋根瓦の黒い冠。そして白い横長の矢倉を右と左で支える石垣。そのうえ櫓門の入口両側を堅守した一抱えもある太い角柱。恰も脛鎧を纏って構えた武者戦士の守衛構図のようであった。これが突っ慳貪に教えて呉れた小学校の正門なのか⁇　それにしては厳めし過ぎるし古すぎる‼　ツタは疑い信じられなくなった。裏切られた思いさえした。

確かめたい気分が湧いた。一足ごとに前へ進み、一抱えもある太い左側の角柱に近付いて行った。すると風雨に晒された角柱に取り付けられた古びて分厚い大きな板に、辛うじて読み取れる毛筆の文字が縦に長く表記されていた。〝岩手村立尋常高等小学校〟とあった。

ツタの猜疑心と不信が、好奇心に変わった。さっそく梁敷居を跨ぎ、櫓門に一歩踏み入れた。思ったより天井が高く、左右に長い角材の梁が渡されていた。門柱の角には分厚い鉄板の蝶番が、分厚い扉の戸尻から見えた。開けっ放しの扉は気軽に動かない大きさで、枠組の角材が家屋の大黒柱より太く、詰め張られた厚い板には乳房様の釘隠し装飾がされている。

もちろん開けっ放しの扉は右と左にあって、それぞれ石垣を隠している恰好。その石垣から石垣に架けて渡された太い角材の梁が四本並んでいて、桁材と共に矢倉の床を支え上げている。ツタが櫓門を潜り抜けて振り返って見上げると、白塗り尽くめの櫓の中程に、縦縞状の覗き窓があいていて、古い学童の机の端が見えた。ツタには、すべて詳しいことは分からないけれど、分厚い扉と石垣の間に、鼠色の自転車が一台置いてあるのを目に止めた。けれども気にはせず、ツタの背後に整頓よく積み上げられた石垣があるのを知った。その石垣は、門前の広場から見れば衝立の役割をしているに違いなかった。そして、その衝立石垣の南端には石板が設えてあって、矢印の上に〝菁莪塾遺舎〟の文字が彫られてあった。

ツタが石垣の角を右に曲がって見たものは、白っぽい緑色の板壁だった。すると突然、女性の声が叫んだ。薄緑の板壁は二階建ての校舎で、その手前には、細い柱四本で支えたトタン屋根の、井戸から吸い上げる手押しポンプが据え付けてあって、叫び声の女性はそのポンプの長い柄を押し下げしては引き上げる作業をしていたのである。白い割烹着に帯状の襷《タスキ》を袈裟懸けにし、吸い上げた井戸水を手提げ桶に溜めていたのだった。

ところが紺生地に絣模様のもんぺ姿のツタを見ると、いきなり叫んで井戸端から離れ、薄緑の校舎に回り込んで走り、姿を消した。何が何んだか分からないツタが立ち止まっていると、やはり白い割烹着の小母さん二人が笑顔で走り寄って来た。皆で待ってたのよ!!と言いながら、呆然としているツタの手を取り引っ張って行った。恰《あたか》も強制誘拐される風情だった。二人の小母さんは相手構わず校舎と自転車小屋の間にツタを引き連れ、突き当りの硝子戸から屋内に誘い入れた。そこが校舎と小使室が通じる廊下だった。ツタは問答無用の誘導を受けた。分別する余裕もなく強いられた座は、小使室の左中程の控えの間であった。

小使室の中心になっている竈《かまど》は、黒い瀬戸焼きの陶板で貼り詰められていて、大きな羽釜が二つ掛けてある。常に熱湯を持ち出せるように、燃木の按配をするのが小使さんの役目なんや、と先ほど井戸端から走り去った白い割烹着の五十搦みの女性が教えた。岩手村国防婦人会の会長だった。

するうち枯れ草色の服を着た五十歳くらいの男性が現われて挨拶をした。浅野穣賢先生のお勧めで、ようこそ来て下さって、有難いです。お待ちしていたんですよ。教職員一同と国防婦人会のお母さんたち全部でな!!。

あっ!! そうや、私《わし》が教務主任の中川勤蔵です、何んせ校長席は空席やし、教頭も二代続けて入院したまま戻って来んので、及ばずながら私《わし》が、職務代行する羽目になってしもうた、愚痴りたく無いが、若手は皆な兵隊に取られ、残ったのは年寄りばかりや。あんたも、お名前を野中ツタさんと言ったよな、あんたも何かと皺寄せ来て負担かかるやろうけど、我慢して遣って呉れよ!! 早速やけどアシタから平常出勤で協力して下さい。宜しく頼みます。

中川教務主任は小使室から出て行った。後を受けて国防婦人会の会長が伝達事項を説明した。私《わて》ら婦人会は毎日五人ずつ出て来て、午前中は彼や是やと小間仕事を手伝って、昼からは、この小使室で来客をあしらったり、お喋りして、夕飯支度前には家に帰ることになっとるんや。そうやけどアンタは、宿直当番の先生の夜食を都合して作らんならんし、便所やかて女子用が十二、男子用が五つ、それに職員用も四つあるから、拭き掃除して貰わなければならん。そしてな、アンタの相棒の爺さんを上手にあしらって貰わなあかん。傍目には分からんけど、大変なお務めやと思うわよ。その代り、ちゃんと役場からお給金もらえるから、頑張ってよ。出入りする人たちの名前を覚えるだけでも難儀やろうけど、無理せんと自分を大事にして働いてよな。私《わて》と副会長とは毎日代り番こに来て、出来るだけ手助けするから、辛い時は言ってよね。

初対面なのに長い談話だった。そのうえ、いつのまにか来ていた日焼けした禿頭に白い捩り鉢巻きの爺さんが問わず語りに喋り始めた。俺やかて結構忙しいのやぞ!! お濠に捨てられた乳母車や唐傘や車の輪。そのお濠に一番近い理科室と一年生の教室は、名古屋大学の何んとか研究室が使ってるし、新校舎と旧校舎の間にある西便所と西通路は、民間会社が機械を据えて軍機の部品を造っとるけど、すべて軍事秘密の疎開者たちやから俺は心配なんや!! もし何かがあったら学校は木っ端微塵やもんな。一年生二年生の子供たちは避難訓練とやらで、櫓門先の大きな欅の木陰で待機してるらしいけど、どこまで通用することやらな。校長も教頭もいない年寄りばかりの先生たちが頭を絞っても、いい案は出ねえやろな!!。小使い爺さんの辛辣な学校批判だった。

翌朝ツタが出勤すると、すでに相棒の爺さんが来ていた。ずいぶん早いでねえか、と言われたのでツタは、靜姉が第一日目から遅刻するんじゃ恥かく事になるからと見送って呉れた、と言い訳した。そして、ゆんべは仕事に就けたのを祝って少し飲み過ぎたから今朝の目覚めも良かったのや、と弁明した。すると爺さんは、好い姉やが居て恵まれている、と祝福して呉れた。そして付け足した。俺は山際の菩提に住んどるので学校までは一飛びやから、気にせんでゆっくり出て来るが良い、と思い遣りある事を言ったので、ツタは意外な思いがした。

そんな第一日目の朝、細身で足腰の確りした老人が、小使室の入口に現われた。一枚の書類を見せびらかしながら、これ‼ これと大きな声で叫ぶように言う。役場の小使い爺さんだった。その声を耳にした教務主任が職員室から出て来て役場の小使爺さんの手から引き取った一枚の書類を手にして読み、直ちに役場に行くようツタに指示した。その通達書には、採用認定証を受け取りに来られたし、とあった。

ツタは役場の爺さんの後からついて行くこととなった。初めての校内行動であった。古い校舎から新校舎へ幅広い通廊を歩き、さらにコンクリート三和土の広間から玄関に出た。四本の石柱で構えた玄関の左右には車寄せの湾曲した坂道が、運動場へと流れていた。左前方には丸太梯子の火の見櫓が見える。そして、運動場を斜交《はすか》いに三、四分位あるくと、二本の石柱に行き当たる。学校の南門なのである。ツタが息切れするほど役場の爺さんは足が早かった。

石柱門の南際には小造りの平屋があり、その板戸を開けると、村役場の裏口になっていた。さらに、もう一本の扉を開けると役場の中に這入り鉤の手に折れた通廊があった。そして電話の小室があり爺さんの指示で、硝子戸を開けて入ると役場の総合事務の大部屋だった。その右奥に三室が並んでいて、真ん中が村長室であった。ツタが入室すると早速ネクタイに背広の村長が手招きし、小さな採用認定証を差し出した。体に気を付けて確り働いて呉れ、と言って終わった。案じていたほど緊張しなかったのが不思議だった。

電話室の傍にある役場の小使い控え部屋で爺さんが一服するように奨めて呉れた。押し入れがある三畳の間で窓際の小さな卓袱台の上に一枚の写真が飾ってあった。五、六人の海軍将官が甲板に立っていて中央に軍刀を携えた髭面の大将が写っている。日露海戦で活躍した戦艦三笠と東郷平八郎司令長官なんだ、と爺さんが説明した。仰山の縛り荷を立て掛けた右端で、甲板に片足を立てて上がろうとしている白い服が見えるやろ!! 俺《わい》なんやと爺さんが自慢気に言った。階級には触れなかったが、俺《わい》のことを皆は岩田長官と呼んで呉れとる。しがない年寄りになってしもうたから、役場で暇潰しに小使いをしとるんじゃ。住んどるのは大石やけど通うのが面倒やから、この三畳の間で寝泊まりしとる。孫が多勢いるもんで代り番こに弁当を運んで来て呉れる。日本は戦争が好きで、また始めたそうやけど殺し合いは地獄の火車に飛び込むようなもんじゃ。な、ツタ小母チャン!!。

小母チャンと呼ばれたのは初めてであったけれど、何んやら温かい心に触れた気がして、急ぎ足で小学校の小使室に戻った。竈辺に腰掛けていた国防婦人会の一人が言った。羽釜のお湯は煮滾っているわよ。婦人会の副会長であった。

第十六章　不条理混沌

村役場で認定証を受け取った直後、岩田長官が電話小室の壁掛け電話の使い方を教えて呉れた。まず受話器を外して耳に当て、背伸びして送話器に向かって、交換嬢を呼び出す。受け付け嬢の声がしたら、高い所にある送話器に向かって必要用件を報せたい相手の電話番号を、交換嬢に告げる。勿論こちらの電話番号も教える。そこで一旦受話器をもとに戻し、呼び出しベルが鳴るのを待つ。この間の待ち時間は早くて二十分。役場と学校を二往復しても余りある。それなら俺《わい》らが通達書を持って運動場を一飛びすれば用が済む。俺《わい》らは偉い役割を果たしとるのやよ。

話し終わった岩田長官は疲れて控え室で横になった。

そのように詳しく話す岩田長官が或る日とつぜん血相変えて学校の小使室に現われた。

ツタ小母チャン!!　大変な報せや、これ、これ!!。叫びながら通達紙を見せびらかし混沌とした表情。迎えたツタ小母チャンも、何か勃発したのかと訝りながら戸惑ってしまった。

かたや、職員室では全員が立ち竦み唖然とした。階級章は取り払っているが、明らかに将校用の礼服と分かる正装で、腰に軍刀さえ吊していた。職員室での校長の席は上座の右端の事務机で、背後の壁には黒板の月間日程表。左隣の大振りの机は教頭席なのだが、二代も続けて入院中なので、書類整理は中川教務主任が行っている。書類が山積みの状態。そのうえ校長席には軍服に軍刀の怪物が坐ったのだから、職員室の座席にいた全員が、現状を理解できずに昏迷して立ち竦んでしまったのである。

さらに校長席の怪物は、持ち合わせの風呂敷包みの中から一枚の書類を取り出し、中川教務主任に渡したので、職員室は一段と昏迷の度が倍加した。その一枚の書類は司令書であった。〝貴官　粛清指導官兼国民学校長に任命する　軍権管理局〟とあった。つまり軍服に軍刀の怪物が新しい校長となって来たのである。加えてその新しい校長は、全校学童に所信表明を一席弁じたいから会場の準備を早急に手配して呉れ‼。と教務主任に指令を出した。

会場と言われてもそれに相応しい建物は無かった。国防婦人会の会長と副会長は早速緊急連絡網を使って手配し、年少組を集合させた。南校舎玄関入口の広間から西へ三教室の机と椅子を、その廊下に積み重ねる作業は式典会場を作る習わしの、初歩段階なのである。

学校の小使い爺さんは、旧校舎と自転車小屋の間に乗り捨ててあった黒っぽい自転車を使って櫓門から広小路を走り、十余分先の荒地で開墾作業をしている高学年に、緊急式典会場作りについて説明した。四十人ほどの学童は駆け足で学校に向かった。自転車の小使い爺さんより速かった。遅れぎみに追い掛ける自転車のハンドルには、軍用通信隊と記した札が取り付けてあった。遅れがちな爺さんは、全く軍隊物は役に立たん!! と愚痴りながらペダルを踏み続けた。

高学年が学校に到着した頃、緊急式典会場は半ば出来上がっていた。残されていた三教室の間仕切り戸を、高学年の学童は手慣れた手順で廊下に運び並べた。開墾地で汗して働いた学童たちは上半身裸だった。

出来上がった会場には、男女数百人の学童が整列し、後方には白い割烹着に国防婦人会と記した襷がけの婦人たち数十人が乱立していた。するうち式場の前方でピアノの前奏が始まり、黒髪に黒いシャツの中年教師が指揮棒を振った。会場全員が一人残らず直立不動になって国歌〝君が代〟を合唱した。歴代の神国を讃美し、永久の永続を祈る歌だった。

終わると壇上に軍服姿の講師が立った。

諸君!! と演壇の講師が開口一番強い口調で言葉を切った。吾が輩は姓を津波黄、名を昌和と申す。生まれ育ったのが、南宮山の麓で名も知られた赤い三重の塔を擁した朝倉寺である。兄の二人と弟の二人は西の仏教専門学校に通ったが、我が輩は東を目指した。幸運にも高等師範学校から横滑りで陸軍士官学校に転入。そこで実地教練にて心身共に鍛え上げられ、吾が輩の論文少数精鋭攻撃の理論が、陸軍大学陣に認められ、三年間の厳しい実地訓練のすえ、陸軍幼年学校教官の資格を与えられ、就任したのである。質実剛健の信念が結実したのだ。諸君!! 質実剛健こそが人生の高峰に辿る最上の道なのだ。念じて勤めることを勧める。

陸軍幼年学校の教官として最初に就任したのは、極寒の地陸前仙台であった。氷柱のカーテンに冷やされる室内で十四、五歳の少年たちを、将来高官将校になれるよう教練させるのは並大抵の事ではない。萬世一系の皇祖を崇める皇国の赤子たらんが為の軍人精神を植えつけ、大日本帝国軍人としての誇りを持たせなければならないのだ。

而して吾輩が植え付けた軍人精神と恩恵を礎とし敢闘精神みなぎる勇士の出現を期して止まないのである。吾が輩が栄転奮闘した陸前仙台、九州肥後熊本、愛知尾張名古屋、東京、広島、大阪、再度の名古屋など、幾万人かの教え子が、八紘一宇の御旗のもと戦闘奮起せん事を祈っている次第である。

新校長津波黄昌和の演説が終わる頃には、上半身裸の少年たちの姿がすべて居なくなり、低学年の女の子は小用を漏らし、四年生の男の子二人が貧血でその場に倒れた。また五年生と二年生の女の子もしゃがみ込んでしまった。それらの情景を新校長は見向きもしないで会場を去って行った。

小使室に戻ると小使爺さんがいきなり毒づいた。軍服は人を見捨て遣る邪物か!!。てめえこそ何者だと新校長が熱《いき》り立った。小使爺さんが言い返した。俺《わい》はこの学校の小使いじゃ、よく見ろよ!!。生意気爺め、出て行け!! と新校長が怒鳴った。すると小使爺さんが負けず劣らず叫んだ。俺《わい》は校長に雇われているんじゃ無え!! ちゃんと役場から給金もらっとる小使いなのじゃぞ!!。

翌朝、出勤して来た津波黄校長は、機嫌が悪かった。軍用自転車は広小路の南端の肥溜めに放り込まれていて、きのうの帰りも今朝来るのも歩いたのだ。タイヤもぺちゃんこ、何が因果の仕打ちなんだ!!。と校長は酷い剣幕。流石に軍服では無くカーキ色の国防服だった。昨日の帰り際に軍服と軍刀を宿直室に残し着替えて帰途に付いたのである。

小使室で応対した中川教務主任はたじろぎ立ち往生の態。小使い爺さんは平然として湯茶を啜り、ツタ小母チャンは竈の火加減調節に余念がなかった。このような余所余所しい態度に新校長はますます熱り立ち、難癖をぶちまけた。

いいか、良く聞け!!　櫓門の標札は何んだ。小学校と書いたままじゃないか。すでに軍権通達が国民学校と改正しているんだ。明らかに違反行為で懲罰ものじゃ。それどころか奉安殿さえ無いではないか。天皇皇后両陛下の御真影を奉るのを阻む悪行は、不届き千万。きのうの演壇の背後に御真影を閉じ込めておくのは全く以って、皇祖皇宗を踏み躙る以外の何者でもない。

中川教務主任が、軍神の村葬で大金を使い過ぎて役場では予算が立てられない、と小耳にしました、と弁明したけれど、校長は受け入れなかった。そして強固に強制命令を発動した。畠を削り取って奉安殿の台座を造るのだ。怯むな!!。

西昇降口の壁一つ隣に御真影を閉じ込めた仮奉安庫があるけれど、その昇降口とは別棟に道場と呼ばれている教場がある。その西が栗林となっていて、南隣が一段低い畠となっている。その畠の黒土を削って運び、念願の奉安殿台座を造るというのである。

校長の一声で、村中が大騒動となった。皇祖皇宗を踏み躙ると聞けば、村人たちは穏やかでなく、奮起せざるを得なかった。菩提集落の断崖を削って岩腐れと呼ばれる赤土を運び、また美濃赤坂まで荷車を列ねて石灰の買い出しに出掛けた。学童四年生、五年生は畠の黒土を運び、大人たちが丸太に四本の柄をつけた通称タコで地突き、つまり地固めをする。こうして大勢の力で奉安殿の台座が造られて行くのである。その進展は遅遅として一日に精精十糎《センチ》足らずなのであった。

低学年の一年生と二年生は作業につかず、午前中だけ授業をして下校、時には敵機の襲来を仮想しての避難訓練をする。その折は大概広小路の北端、櫓門前広場から東に通じる枝葉繁る巨木の木影を利用し、防空頭巾を被った子供たちを緊張させる。三年生の学童は、食糧増産の手伝いとして、村道の端に大豆や小豆の種を蒔いたり、田圃の落ち穂を拾ったりする。六年生は、高等科一年生と二年生の開墾作業で放出された草の根や小石などを拾って指定の場所へ運ぶ。戦時下とは言え一事が万事、教科書を開く機会には恵まれないのである。雨の日にも登校するのだが、校舎内は大学の研究室とか民間会社が機械を持ち込んで軍機の部品造りをしているので落ち着かず、教師たちも教科書に沿っての授業には手をつけず、余談だけで時を流す。そのような情勢の折に、元陸軍幼年学校の教官が小学校の校長として赴任して来たのだから、学童も教師も昏迷著しいのである。

高齢の教員たちも疲れ果てていた。宿直の翌日は代休を取り、三年生担任の女教師が退職すると言う。新校長も引き止めたが効果はなかった。肺結核で入院したいと申し出た青年教師は、説得に屈し手拭いで口を覆って、奉安殿の黒土運びを手伝った。それでなくても教員の人数が少なく、学校の運営は追いつめられていた。

年度変わって五年生男子組が、紀元二千六百年記念として新築された道場を、教室として使うこととなった。新校舎とは別棟で入口は施錠できるし、下駄箱に三和土があって、向かい奥の正面には小さい黒板。その上には、太い筆文字での〝武道魂〟が見える。道場北側の壁と向かいの南側の壁には、それぞれ硝子窓を除いて、仮想武器が棚掛けで並んでいる。木刀、竹刀、薙刀、木製の模型小銃など。見るからに敢闘精神を揺さぶる。四十余人ぶんの黒塗り机が並んでいるのも、異様な雰囲気を醸し出している。

この男子組は以前から、感受性の強い子が多くいると言うことで、何かと話題になっていた。ことにその中の一人は遣ること成すこと的を得ていて、碌に授業を受けていないのにも拘らず周りの人を唖然とさせたりした。津波黄新校長でさえ、二年後には陸軍幼年学校へ推薦入学させる腹積りでいたのである。

ところが時代の大波が襲いかかり津波さながらに、男子組の息吹を悉く攫ってしまった。残されたものは、子供ながらの自暴自棄と、津波黄校長による教育勅語の暗唱練習に歴代天皇の暗唱採点であった。

最初の津波は、道場教室に入って数週間と経たない時に、四十歳前後の担任先生が、軍需工場で働き神国日本のお役に立ちたいと言って退職した事であった。追って後任に溌剌とした年増の女教師となったけれど十日すぎ、どこかの工事へ走る鉄材満載のトラックに轢かれて絶命。学校で睦《したし》かった指揮棒振りの男性教師も、受けた衝撃で四日間の病欠。教員補充は手の施しようがなく、にっちもさっちも行かなくなった。

第三波は、五年生男子の一人の姉が十五歳の若さで急性肺炎に罹って三月末日に死亡。追っかけ三年間の長患いの父親も五十二歳で六月下旬に他界。同級生の一人が身内の葬式を送らなければならない宿命は、子供とは言え五年生男子全員の心に掠り傷を残したに違いない。

殊に傷心著しい、その同学年の一人は、すでに幼児期に母親を亡くしていて経験済みかと思いきや、失心症に近い自失状態。ただ虚空を見詰めているばかりだった。かつての繊細な閃きもなく、人後に遅れての沈滞だった。幼年学校を推薦していた津波黄校長も、目を離してしまった。

折しもその年の晩春には伝染病が蔓延し、五年男子組の二人が赤痢で病死。校長が人伝に探し当てた特待教師も、五年男子組の担任となったが、出勤して戸惑った。大垣商業学校を定年退職して間がないけれど、小学校の学童を教育するには勝手が違った。四十数人の学童の中には鉄道突貫工事の朝鮮人工夫の子が三、四人混じっていて、容易に授業を進められなかった。それでも、山川伝次郎特待教師は、どうにか午前中の仕事を終わらせることが出来た。山川教師は南校舎の廊下を通り、玄関広間で左折。広い通廊の簀の子の渡り廊下を進んで北校舎に抜け、小使室に入った。ツタ小母チャンから席を譲られ、控え室の上り端に腰を下ろして、持参した握り飯の弁当を食べた。ツタ小母チャンが小使い爺さんと護国芋《さつま》を食べ終わったところなのと言い、捩り鉢巻きの小使い爺さんが、校長は職員室で若い娘さんたちに囲まれ、代用食の芋に番茶で上機嫌や。十八歳の児玉先生と渡辺先生は一年生二年生の子たちを送り出しての昼やけど、校長は芋をオカズに握り飯やと。このツタ小母チャンが薬缶の番茶を持って行って見たんやな。握り飯はな傍に居た別嬪さんからの分け前やそうな。その別嬪さんが住んでるのは岩崎神社の奥の谷集落にあるお寺のお嬢さんでな、職員室の二階の作法室で村の娘さんたちに礼儀作法を教えて御座るそうや。それにしても如何《どう》なっとるんやろうな?!

小使い爺さんの説明は妬みだけでなさそうだった。

斯くして昼の休みを終わらせた山川伝次郎特待教師は、慣れない通廊と南校舎の廊下を通り、道場教室での午後の授業に向かったのである。するうち御真影を暗闇の中に閉ざしてある倉壁の裏側、西昇降口に置いてある運動会用具際の引き戸を開けた途端、退職老人山川伝次郎教師は磆《はた》とうろたえ前後不覚となった。二メートルしか離れていない道場入口の硝子戸から見た光景に肝を潰され、へたり込んでしまった。運よく運動会の太い捩り綱があって頭を打たずに救われたけれど、尻餅ついて動けなくなった。

山川特待教師が見た異様な光景は、道場教室内の黒い学童机が散乱した惨酷きわまる情景であった。学童の姿が全くなく授業拒否の現象だった。

後日、この事件を耳にした最長老の教師が呟いた。悲劇は単独では遣って来ない!! とは誰の格言なのか知らんけど、まったく恐ろしいほど的に当たっているな!!。

第十七章　余滴風刺

道場から学童四十幾人が消えた事件は、密かに多くの村人たちの耳に伝わった。当事者の山川教師は恥じらって出勤して来ないし、校長とて管理不十分であった事を自覚して、村役場に届けなかった。沽券に関わるので誰にも知らせないのである。それなのに知る人ぞ知る事となった。耳聡い小使室の爺さんでさえ知らなかった。五年生の学童たちは授業を放棄した事には一切触れず、普段通り奉安殿を造る作業場で黒土運びに従事した。父と姉の不幸に衝撃を受け放心情態の一人も、事件については全く知らずにいた。

前後するが事件の当日、夕暮れ時に南校舎の軒下を、一人の老人がお濠に向かって歩いている姿に見蕩れている調味店の店主を、その女房が見ていたことが後日わかった。

これで粗方ごたごたの中味が読み取れたなと小使い爺さんが言うと、ツタ小母チャンが詰《なじ》った。あの五年生の父《とう》さんを亡くして気を遠くしとる坊やは未だに、ぼんやり情態から抜け出してないわよ!!　と言いながら喉頸に飾った真珠の首輪を指先で撫でていた。何かを祈っているようだった。

相変わらず役場の小使い爺さん、岩田長官が通達書を見せびらかして、小学校の小使室に遣って来た。二年生の担任の児玉敏子先生が退職手続きをとったけれど受理されなかった、との報せを持って来たのである。けれども急ぐほどの通達でなかったので、ツタ小母チャンと相棒の爺さんを相手に喋り込んでしまった。

十八歳で娘盛りの児玉先生は独り暮らしなのだか、家は入母屋造りで大きく半兵衛広小路に面した一角で、白壁尽しの切り妻には金文字で玉と記して、村では奇異な割烹旅館なのである。

かつては、と岩田長官が自慢気に説明した。冬場となれば五、六人の猟師が猟犬を連れて玉屋旅館を根城に、裏奥山で獣狩りするのや。雪山に潜んどる獣を幾人かの勢子が大声で誘き出し、飛び出た獣を猟犬が追い上げ、猟師が猟銃で狙って引き金をひいてズドン!!鹿や猪、兎や山鳩や雉。獲物が大きかったり多かったりすれば猟師の収入も増える訳。勢子が担いで山を下り、玉屋に戻ってからが大騒動。大垣とか宿場垂井から飛んで来て待っている商人が破格の値で肉を買い取る。旬の走りとあらば其れ処ではない。猟師たちは笑いが止まらん。手伝いに来ている白い割烹着の小母さんたちも無報酬なのに事ともしない。猟師たちがチップを弾むので、この小母さんたちも笑いが止まらんわな。

こうした事すべてを仕切ってるのが女将なんやな。階段下の空間を利用しての帳場で、長火鉢を抱え徳利の燗の具合を見ながら、酔客たちの飲み加減をはかる。斯くして宴席は飲めや歌えのどんちゃん騒ぎとなるのやが、その様子を風刺画にして残した北村素軒なる絵描きさんの事は、あまりにも有名なんや。

酔い潰れた酔客は二階の座敷で明日《あした》を期するのやが、帳場の女将は何時やすむのか分からへん。まあ、東郷平八郎司令長も同じような事をしてたもんな。本当やって!!

俺《わい》が海軍辞めて帰って来た時に、その女将を一度だけ見たけど魂消《たまげ》たよ、まったく。長火鉢の帳場でな、派手な花柄の着物を羽織って、解《ほつ》れた長髪を垂らし、長い羅宇煙管《きせる》銜《くわ》えて紫煙を燻《くゆ》らしてたな。まるで歌舞伎の女形役者そっくりやった。

俺《わい》はその女将が誰の母親なのかそれとも祖母なのか知らんけど、軍権司令で狩人罷り成らん、鉄砲玉あるのなら鬼畜敵兵を殺せ!! と言うことで猟師たちは全く獣狩りに来なくなった。そんなこんなで玉屋は廃れてしもうてな、詰まるところ児玉敏子先生は一人で夜を過ごさにゃ成らんことになったのや。あの大きな館でな。恐くて眠れない日もあったらしい。我慢ならなくなって親戚の娘さんに来て貰ってな。うん、その娘さんと言うのは度度学校に国防婦人会の当番として来てるんや。詳しいことは俺《わし》には分からんけど、そのお父《とっ》つあんは長患いで此のまえ逝ってしもうたな。何んでもその家の祖父《じい》さんはな、若いころ東京は皇居の近衛師団の士官で、産まれ育ったのが玉屋の三男坊や、頭の切れた秀才やったそうや。そんなに優れた人が村の百姓に成ったと言うから訳が分からんよな。兎も角そんな秀才の血を引く児玉敏子先生を追い詰めた輩がいたのや。驚くばかりやな。まして児玉家とは縁もゆかりもない古林と言う男でな。その古林が係わったのは、狩人出入り盛んなころ猟犬を世話しただけの繋がりなのに、児玉先生を追い出して玉屋を乗っ取ろうとする姑息な悪漢の出現に先手を打って良かったよ。気付いたのが当時役場で総務課長をしていた登古呂藤吉さんと、国防婦人会の副会長でな、どうにか予防線を張って食い止めたけど、いまだに古林は工事現場の土工たちに交じって狙いを緩めてはいないのや。俺《わい》も及ばずながら予防線の手伝いしてるけど目は離せないのやよ。

このような岩田長官の話を、小学校の小使室で聞いていたツタ小母チャンが、ふと思い出したのは、割烹旅館玉屋に座布団五十枚を納入した亡き夫秀市の労力だった。上り坂の多い岩手村までの道程は、座布団を山積みにしたリヤカーが重く、ほとんど自転車から下りて、引っ張って歩いたと言っていた。

するうち役場で受け付け係を手伝っている登古呂藤吉さんが、学校の小使室に現われ、岩田長官の帰りが遅いので迎えに来たと言い、連れだって出て行った。さっそくツタ小母チャンの相棒小使い爺さんが呟いた。禰宜さんが誘うのは神さんだけでねえのやな。ツタ小母チャンが苦笑いした。

前後して淡い紺色のもんぺに上っ張りの小母さんが戻って来た。手に提げた薬缶は空で奉安殿の地突き仕事をしている村人たちに飲み水をあしらってきたのである。

すれ違いに、と紺色もんぺの小母さんが言った。学校に禰宜さんが来はるなんて珍しいわね。そして竈の向かい側の長椅子に腰掛けて話し始めた。家《うち》の人は刃物研ぐ仕事師やけど、お客さんの話では、あの禰宜さん軍法とかに引っ掛かって首切りされそうに成ったんやって。怖い話ね。詳しい事は知らんけど、何んでも岐阜の陸軍営舎にいる兵隊さんの一人を除隊させる運動しはったんやって。

その出征兵士の家はすでに母も父も病死していて、残された十九歳の娘さんと、十三歳に十一歳の弟。それに借用地の田畑七反。私《うち》の在所も近江醒井で百姓してますけど、十九の娘さんが七反の田畑を切り廻すなんて、とんでもありまへん。田植えや穫り入れ時など農繁期には近所の人や親戚の人が手伝いに来はるそうやけど、きりきり舞いの忙しさやろうな。見るに見兼ねた北隣の禰宜さんが、名古屋鉄道局の軍事運輸課長を動かして、除隊に成功しはったのは稲沢駅の軍事貨物を急送できる操車場は戦時下の重要拠点。その技能力持つ本人を、前線で犬死させるのは大日本帝国の恥曝しとなる。こうした主張が功を奏して除隊となったのやけど、それと引き換えに十三歳の弟が、農兵隊として恵那郡くんだりへ持って行かれ、その上に奔走しはった登古呂藤吉さんは公職追放の罰を受け、罪人とされてしまはった。けれども藤吉さんは、村では唯一の禰宜さんで三大村社の岩崎神社、津島神社、伊富岐神社など専属の重要な人。毎月八日には村人たちに先立って、必勝祈願の祝詞をあげたり、地鎮祭や白山登山道の山開きで御祓いをしたりして、世のため村人のために祈らはるから、村長さんは立つ瀬がないとか。どうにかこうにか仮採用の形で止まって貰っているのやって。ほんまに、ややこして分からへん。下手に口出しすれば、研ぎ屋の商売出来んようになる、と私《うち》の人が言ってるの。

聞き役に回っていた小使い爺さんが、とどめを刺すように愚痴った。偉いさん等のごたごたは、やがて俺ら下下が埃りを被ることになるのや。突撃戦争みたいにな。

するとツタ小母チャンが言った。被るのは、姉さん被りの手拭だけで結構やわ!!。

或る日の昼過ぎ、垢抜けした年頃の娘が、小使室に現われた。ツタ小母チャンは珍客を見るなり立ち上がり、小使い爺さんは怪訝な表情で見詰めた。

その年頃の娘は、濃紺の洋服にスカート、髪の先端が縮んでいた。今まで、と自己紹介をした。いつも職員室の二階の作法室をお借りして若い娘《こ》たちに礼儀作法を教えている発田啓己なんですけれど、津波黄校長先生にお聞きしたい事があって参りましたと言う。

いま居ねぇ!!　と小使い爺さんは突っ慳貪。このところ、とツタ小母チャンが補足した。自転車で飛び回って御座るぞな。すると発田嬢が口を滑らせてしまった。その自転車私がお貸ししてるのです。間を置かず小使い爺さんが冗談半分に言い刺した。含みありそうやな!!。

あわてた発田嬢は、話題を掏り替えた。手に持っていた一枚のハガキを見せびらかし、得意気に言った。これ恋人からの便りなの。このまえ届いたのは局の消印が呉でしたのに、これは五島列島の福江となっていますの。あの人は京都大学の学生で、本当は東京外苑の学徒出陣壮行会に参加しなければいけないところを、軍用列車で広島へ行けばいい事になったので。そのまえに私と逢いたいと言うので招いたのよ。岩崎神社の奥谷で川沿いの高台にある蓮鮮寺の離れ座敷で一夜を共にして、翌朝は急行列車で京都まで一緒に行って、プラットホームでお見送りしました。

話している本人は涙ぐんでいるのでもなく、乾咳しただけで平然としていた。だから小使い爺さんが、それから如何した、と催促した。ツタ小母チャンも便乗した。その話を聞いたら校長先生も指揮棒ふる窪山先生も!!。すると間髪入れずに小使い爺さんが、刺し矢を射った。いい面の皮や!!　そして付け加えた。そのうちに化けの皮が剥がれるよ。

二週間ほど経った日の昼前に、中川教務主任が津波黄校長を探した。けれども校内には姿が無かった。ツタ小母チャンも小使い爺さんも、心当たりが無いと言う。ゆうべ当直当番であった最長老の教官は、疲れが非道く昼過ぎまで宿直室で寝そべっていたから、もちろん校長がいるはずは無かった。ツタ小母チャンも小使い爺さんも婦人会の五人も手分けして見回ったけれども、効果はなかった。中川教務主任も、あちこち歩き回ったが何処にも居なかった。櫓門の大扉の陰には自転車が一台ちゃんと置いてあった。

中川主任は思い切って大樹が立ち並ぶ小路の突き当り、登古呂藤吉宅を訪ねた。生垣に沿った小路を迂回し、屋敷内の路を進んで戸間口の大きな障子戸を開けると、濃紺の野良着姿の上さんに迎えられた。八畳間ほどの三和土に、腰掛けるのがやっとの高い上がり端を勧められた。訪問した理由を言うと、つい先ほど帰られたばかりとの事。そして上さんは一旦外に出て、軒沿いに奥へと案内された。平屋で極めて古い造りの堅固とした建物で中川主任は畏縮した。

硝子戸二間が続き、その奥隣に賓客を迎える床板張りの縁檀があって、さらに一段高い上がり框がある。築二百年の歴代宮司の家柄に相応しく、旧態歴然とした構えに中川教務主任は気後れした。上がり座敷にいる登古呂藤吉禰宜から、上がるように勧められたけれども急ぎますのでと丁寧に断って辞退した。

それ以前の、つまり津波黄校長が藤吉禰宜を訪れた際の様相を次女の蕗枝が隣室で一切合切もらさず見聞していた。後日、婦人会の出番になった折、その見聞きした事すべてを、小使室に現われた中川教務主任に報告したのである。それに依ると津波黄校長の言動が詳らかになった。

拙い私《わたし》が上手にお伝え出来ないですけれど、出来る限り頑張りますので、お聞き下さいと次女の蕗枝が話し始めた。最初に津波黄校長先生は、自己紹介しました。

ご承知の如く我が輩は、退役陸軍中佐津波黄昌和である。本名は椿昌和なのだが有り触れているので津波黄とした。陸軍幼年学校の在校生も卒業生も全員偽名を認め崇めて呉れるので使用している。小学校の校長になっても通用しているし、西濃地区在郷軍人会の会長になっても認めて呉れている。

さて登古呂くん、貴君を訪ねて来たのは外でもない、貴君の子息徹君が極寒のアッツ島で玉砕死した二千六百名の一員として奮闘して呉れた。その守備隊長山崎保代大佐の終期を知りたいのだ。彼とは陸大同期で、富士山麓の古寺の息子なのだ。穏和な性格なのに玉砕の決意をした心情を察するに思い余る。一億玉砕を惜しまず、敵討ちしなくてはならない。どうなんだ登古呂君!!。

これまで沈黙していた私の父が言い据えました。送られて来た骨箱の中に入っている一個の石塊を指差して津波黄校長に言いました。知りたかったら、この石塊に聞いてみろ!!。呆れた校長は、そそくさと去って行きました。

話し終わった次女の蕗枝が、噦《しゃく》り上げて涙した。小使い爺さんは言葉を失い、国防婦人会の四人もツタ小母チャンと同じように、唇を震わせ噛み締めていた。けれども中川教務主任が言い足した。禰宜さん宅を出た校長は五十メートル北の明泉寺に向かい、戦争は罪悪だと説話した老僧の監視に赴いたそうなんや。

皆が小使室から去るとツタ小母チャンは、今夜宿直する先生の夜食を作り始めた。


教員の宿直が片寄っていた。女教員を除いての制度なので、男教員が主体となる。わけても高齢者や病弱者の負担が大きく当直の翌日は代休となる。それでなくても定員不足なので、体力健全な教員に皺寄せとなる。そのような状況にも拘らず、六年生担任の石原教師は宿直当番になると、檀家の月命日を理由にして墨染めの衣に着替え自転車で去って行くのである。敷原の住職なのだ。

事程多様で津波黄校長とて、宿直の回数が多くなった。校長が最初に宿直した時は、巡回の経路や硝子窓の捩じ込み錠の点検をツタ小母チャンが教えたのだが、校長は各教室の担任教師の名前とそれぞれの特徴や欠点を調べている始末だった。それに宿直の回数が増えるにつれて、夜食には手をつけず、明くる朝おそく食べたりしていた。時には宿直室の押入れに、空の重箱を置き忘れてあった。ツタ小母チャンは不思議に思ったが、小使い爺さんは、誰かの差し入れやろ!! と見抜いたようなことを言った。ところが或る日に、自転車店の上さんが小使室に現われ、校長先生は夜中に櫓門を潜り、発田啓己から貰った自転車で南の方に向かって走り去るのを見たと言うのである。

ツタ小母チャンが季節柄、長老教師から〝一葉落ちて天下の秋を知る〟と言う諺の意味について詳しく教えて貰っていた頃である。ついでやから、と老先生が春の諺を付け加えた。〝一花開けて天下の春〟。今の日本には何方が相応しいかな? ツタ小母チャンは分からなかったので、落ちない方がいいな!! と素直に答えた。けれども校庭の落葉樹の色付いた葉は二枚三枚と散っていった。

村人たちも嘆く秋の長雨が三日間つづいた。あしたも降り続くような雲行きであった。それにも拘らず校医の浅野穣賢医師は、予定どおりに学校職員の健康診断を行う事にした。昼すぎから始め、まず最初に津波黄校長を丁寧に診た。助手の真貴看護婦が呟いた。脈搏に乱れがあります。そして穣賢医師が言った。血糖値が高いから飲みもの食べ物には十分気を付けて下さい。続いて来たのはツタ小母チャン、小使い爺さん二人とも異常はなかった。あとは途切れ途切れの来診だった。窓硝子を垂れ落ちる雨雫が、伝い流れたり、途中で止ったりしていた。

校舎内のそれぞれの教室では学童たちの噪音で窓硝子が震えていた。久しぶりの室内授業なので、落ち着かない様子であった。いつもなら開墾地で畝立てされた護国芋《さつま》畠の草毟りをしたり、奉安殿造りの現場で土運びをしながら、巫山戯《ふざけ》あったりしている癖がついているから、先生の話を静かに聞くのは、どだい無理なのである。

けれども四年男子組と五年男子組を、一つの教室に入れた鮨詰めの一室は、静かに話を聞いていた。担当した中川教務主任が、得意の話を面白可笑しく物語るからである。知名な二刀流使いの宮本武蔵は少年のころ関ヶ原合戦に参加した事から、巌流島の佐々木小次郎との決闘に到る話を間断なく遣って退けたのである。鮨詰めの学童たちは、首っ引きで聞き入っていた。

これで武蔵の話は終わったのだが、まだ時間が残っていた。そこで中川教務主任は語を継いだ。これから話すのは、若い先生からの受け売りやけど、関ヶ原合戦の昔話をする。

皆んなが産れるずっと昔の話やけどな、南宮山の麓を中心に西は関ヶ原、東は大垣あたりまで、おおよそ七キロ四方が戦場でな、西軍と東軍あわせて十七万の軍勢が馬を嗾《けしか》けて、槍と刀で殺し合いをした。朝早くから土砂降りの雨で、表佐村あたりは膝まで浸かる雨水のなか、西に向かって東軍が行進。九月十五日の天下分け目の激戦。西の山で構える西軍の陣容。すでに青野の美濃国分寺と、宮代の南宮大社が放火されていて、照明効果は満点。ヨイドンの合図で今の関ヶ原駅周辺は、怒号と刃物の搗ち合う音が飛び散る血繁吹きの嵐。八時間に及ぶ惨殺乱戦の結果、残ったものは踏み荒らされた収穫前の、雨水に浸かった黄金の稲穂と数千百人の戦闘死骸。

なあ皆んな!! と中川教務主任は疲れ切った声で言った。どう思う、戦争の惨さ、殺し合いの怖さ。突き詰めて元を糺せば親分と親分の主導権アラソイなんやな。もっとも世の中には色欲私慾で、勝手に逃げ出す御仁もいるわな。

中川教務主任の健康診断は最後になった。

そして学校内には、津波黄校長の姿も発田啓己の姿もなかった。

中川教務主任が鮨詰め学童たちに、二刀流の話から関ヶ原合戦の話に切り替えたころ、東へ二つ隣の教室では、浅野医院の真貴看護婦が、体調異変の青年教師に神経安定液の注射をしていた。青年教師は以前から肺病患者で、本人は入院したいと言っていたが、教員不足で管理職が顎を縦に振らず、痰咳をしながら四年生の担任をしていたのである。土運びの学童を監視している時は日の光を受け病状は軽かったけれど、この長雨ですっかり体調を崩し、校医に診断されたのであった。

カルテに依りますと、真貴看護婦が言った。先生は天下分け目の合戦をご研究されているのですね。その質問に応えて青年教師は首を縦に一つ振った。手には新聞記事の、読者からの意見欄を赤鉛筆で囲った新聞紙を持っていた。注射によって眠っているので、真貴看護婦が読むと投稿者の名前は豊川市の読者であった。小見出しの文字は〝ごめんの一言〟。本文は「むかし我が豊川市には海軍工廠があって戦争で使う武器用品を生産していたと聞きます。詳しいことは分かりませんが、大砲は疎か小銃、拳銃短銃などに込める弾とか諸諸の部品を製造していたと想像できます。狙いは言うまでもなく人を殺すことです。人間として同類のイノチを殺消するのです。視野を拡げれば戦場で無闇矢鱈に人殺しをする惨状。広島・長崎で瞬時に幾十万人の命を奪い消す悪逆。これらの事実を歴史書で辿りましても勝者は英雄となって殺し逃げしています。被害者にゴメンナサイの一言もないのです。国境を問わず勝者は被害者にゴメンナサイとお詫びの一言さえ伝えていないのです。目を国内に向けましても、勝ち負けは兎も角として、周辺の弱者に対して土地や耕地や稲田を踏み潰した徳川家康も石田三成も、ゴメンナサイと頭を下げた記事は全く見当たりません。無い物ねだりの偏見でなく、心なのです。長い投稿となりましたが、一人でも多くご賛同いただけますよう祈って止みません。豊川稲荷の狐様と共に!!」

真貴看護婦が読み終わるのを待っていたかのように、車寄せの上り坂をあがり四本柱の玄関で四輪駆動車が止った。赤十字印の標示が車体にあった。まもなく青年教師は病院職員によって担架で運ばれ、言葉なく去って行った。見送った弟の浅野穣賢医師が姉の真貴看護婦に告げた。珍らしく緊急電話が早く繋がったんだ。

秋の長雨が幕を降ろし、雲間から小さな青空が覗く空模様となった。学童の高学年は、学校から離れて開墾地で畝立てをしたり、作物の苗を植えたり、また農作物の種を蒔いたりして働き、賑やかだった。四、五年生も奉安殿の土台作りで黒土を運んだ。役場の岩田長官も動きだした。

小学校の小使室に入るなり岩田長官が言った。あの長雨では海の司令官東郷平八郎大将閣下もあっぷあっぷして溺れて御座るじゃねえかな?。冗談を直ぐに切り替え、役場からの通達仕事に移った。丁度中川教務主任が小使室に来ていて、その通達書を引き取り文面を読んだ。

今般　陸軍庁配下に依る国鉄迂回下り線の突貫工事に併う大垣・関ヶ原間の設立運行到達に鑑み、数回の試運転の結果管理局の認定の下一般公開するに到りました。因って貴所貴校の方方の御試乗下されたく御願い申します。御試乗御案内の期間中は大垣駅、新垂井駅、関ヶ原駅の往復限度は御座居ません。お楽しみ下されば幸甚に存じます。

中川教務主任が読み終わったところで小使い爺さんが茶化した。汽車ポッポに乗りに行くのは、津波黄校長ぐらいやな!!

どうや若年寄り、と中川教務主任がからかった。お前さんこそポッポ乗りに行けば!!。爺さんは手の平を横に振って拒み、ツタ小母チャンが苦笑した。すると役場の岩田長官が言った。小耳にした話ではな、大垣から関ヶ原の間には短いトンネルが数え切れない程あってな、蒸気機関車が吐き出す黒い煙で、乗っている人の顔も首も真っ黒けに成るんやって。これじゃ防空頭巾で頭を隠し、首は襟巻きでぐるぐる巻かんと埒明かん。まったく何んの楽しみもないわな。いっそのこと乗らない方がましやな。元船乗り岩田長官の説明には実感が籠っていた。何んやら、とツタ小母チャンが呟いた。かっこ良いな!!。

当日、新垂井駅で試運転の汽車に乗ったのは、岩手村に限って言えば村長ともう一人の二人だけであった。他には試乗希望者がなかったのである。新垂井駅を発車した試運転の汽車は東へ、大垣駅に向かって走った。

村長は隣村の知り合いが多い車輌に乗り喋りあっていたが、いま一人の同乗者は村長を避けて、最前車輌の窓際に坐った。黒い防空頭巾で頭を隠し、墨色の法衣を纏っていた。

その黒衣の一人は、大垣駅に汽車が到着するなり、そそくさと桟橋を駆け走り、隣のプラットホームに現れた。黒い防空頭巾を脱いだ法衣の主は、まさに津波黄校長、いや椿昌和和尚であった。京都行の特急列車がすでに停っているプラットホームで、待ち迎えた黒い洋服にスカート姿の女性は紛れもなく発田啓己。二人は抱き合って相手を確かめ、再び強く抱き締めた。

その出合いの情景を、岩手村の村長が車窓越しに見たのである。

その印象を運ぶかのように、村長が乗ってきた試運転の汽車が遣って来た方向とは逆に、新垂井駅に向かって発車した。

折半した護国芋《さつま》を大振りの蒸籠に詰めて、小使室のかまどに掛け蒸していた処へ、農協の配達係官が遣って来た。思わずツタ小母チャンが声を出した。丁度よかった!!。配達係官は二人の同僚と薪束を運んで来たのである。

新校舎の玄関入口の広間から通廊を渡るまではリヤカーで来たのだが、旧校舎の通廊が二段高いので、薪の束を抱えて小使室に来たのだった。農協の配達係官三人は、それぞれ四回ずつ薪束を抱え持って運んだ。納める場所は竈に面した物置の小室で、リヤカーに山積みにして来た薪木の束はどうにか納められた。三人は湯茶を馳走になり、二人がリヤカーを引っ張って帰って行った。入れ代わって四人の国防婦人会の女性が薪を背にして腰掛けた。

農協の配達係官からリヤカーと聞いたツタ小母チャンは、駅前蒲団店の頃を思い出していた。義父の店長とか夫の秀市が蒲団を山積みにして、近隣の村など走り回っていた。今にして思うと岩田長官の村役場の南隣りで繁盛していた玉屋割烹旅館とか町内の紡績工場の社員寮や社宅など感慨深いものがある。

けれども現状からすれば、隔世の感がする。幾百人も居る小学校の小使室で大きな羽釜の釜尻を焔焔と燃やし続け、出入りする人たちの応対をする。人それぞれ繋がっていそうで、家族のような縁がないのは不思議。そんなことを考えているうちに、薪を運んで来た配達係官からの納品伝票を、小使い爺さんが職員室へ持って行った。薪束を背にした四人の国防婦人会の女性と配達係官のお喋りが続いていた。歌えば痺れる低音の配達官が話していた。

皆さんは、竹中半兵衛さんと関ヶ原合戦を繋げているようやけどな、まったく関係ないのじゃよ。だって合戦の時は半兵衛さんが死んで十二、三年も経っていてな、このあたり西濃地域には殿様のいない、国領になっていたそうや。半兵衛さんが客死したとき息子は六歳やったそうで、徳川家康は遣りたい放題。

いつの間に戻っていたのかツタ小母チャンの相棒の爺さんが半ば冗談に言った。俺もけっこう遣りたい放題のことしとるけど浮かばれねえよ。すると婦人会の初老の婆さんが茶化した。重すぎるのよ、口だけが軽いけどな。国防婦人会の若い一人が口を挟んだ。お二人で漫才してるみたい。みんなが笑った。それを制して配達係官が自省した。何んの一番軽いのは私《わし》やよ、同僚が帰ったのに長長と喋り、一人漫才を押し売りして何方さんにも申し訳ない。どうか懲りずに此れからも、農協のオートバイに声を掛けて下せいな!!。小使室のみんなが拍手して見送った。まったく真面目な方やな、とツタ小母チャンが褒めた。

そう言えば、と小使室に遣って来た最長老の教師が呟いた。この前の長雨には手古摺ったな。高学年なのに落ち着かず私《わし》自身も教科書のページを繰る気がしないから、文学全集を読むことにしたよ。ロシアのトルストイという小説家の〝復活〟を声出して読んだよ。最初のページ第一章の書出しは何度読んでも良いだな。

「何十万という人びとが、あるちっぽけな場所に寄り集まって、自分たちがひしめきあっている土地を醜いものにしようとどんなに骨を折ってみても、その土地に何ひとつ育たぬようにとどんなに石を敷きつめてみても、芽を吹く草をどんなに摘みとってみても」

突然に暗唱していた文章の朗読を止めた老教師は苦笑いして言った。あとは忘れたよ。でもちょっと待って呉れ。二階の私《わし》の教室まで行って文学全集を取って来るからな。するといきなり立ち上がったツタ小母チャンが、私《わて》一走りして来るからと言って小使室から走り出た。

戻って来たツタ小母チャンは分厚い文学全集三冊も抱え、息急き切っていた。受け取った老教師は、その中の一冊を抜き出し、先ほど朗読した後の続きを読みあげた。

「石炭や石油の煙でどんなにそれをいぶしてみても、いや、どんなに木の枝を払って獣や小鳥たちを追い払ってみても――春は都会のなかでさえやっぱり春であった。太陽にあたためられると、草は生気を取りもどし、すくすくと育ち、根が残っているところではどこもかしこも、並木道の芝生《しばふ》はもちろん、敷石のあいだでも、いたるところで緑に萌《も》え、白樺《しらかば》やポプラや桜桃《みざくら》もその香りたかい粘っこい若葉をひろげ、菩提樹《ぼだいじゅ》は皮を破って新芽をふくらませるのだった。鴉《からす》や雀《すずめ》や鳩《はと》たちは春らしく嬉々《きき》として巣づくりをはじめ、蠅《はえ》は家々の壁の日だまりのなかを飛びまわっていた。草木も、小鳥も、昆虫《こんちゅう》も、子供たちも、楽しそうであった。しかし、人びとは――もう一人前の大人《おとな》たちだけは、相変わらず自分をあざむいたり苦しめたり、お互い同士だましあったりすることをやめなかった。」（木村浩訳）

ああ、疲れたよと老教師は顎を出した。でもなツタ小母チャン、最後の四五四ページの《そうだ、これがおれの一生の仕事だ。一つが終ったと思ったら、さっそくつぎがはじまったのだ》の二行は身につまされるよな!!

老教師は疲れているはずなのに、もう一冊の文学全集を開け〝アンナ・カレーニナ〟の書き出しを読み上げた。「幸福な家庭はすべて互いに似かよったものであり、不幸な家庭はどこもその不幸のおもむきが異なっているものである」(木村浩訳)

この名文はな、と老教師が呟くように言った。若いころ同期の恋人のお父さんに教えられて印象深く残っているのじゃ。いつ思い出しても世の中を広い視野で見なけりゃ、いかんなと思うよ。でも長雨の教室で私《わし》の話を聞いていた高学年の学童たちは、何をどのように受け止めたのか、未だに解らんな!!

ツタ小母チャンが持って来て呉れた三冊目の文学全集はフォークナーの六つの作品を編んだ全集で、なかでも〝響きと怒り〟はよほど頭の回転を豊かにしないと、こんがらがってしまう。私《わし》らの凡才では読むのに苦労するな。書き出しから頭がからまって繰り返し読み直して、どうにかアアそうかと理解する始末。

「柵《さく》の隙間《すきま》、くるくる蕾《つぼみ》を巻いた花のあいだから、彼らが打っているのが見えた。彼らは旗の立っているほうにやってこようとしていたので、ぼくは柵にそって歩いた。ラスターは花の咲いている木のそばの草のなかを探していた。彼らは旗を抜き取って、打っていた。それから旗をもとに戻してテーブルのところにやってくると、彼が打ち、もう一人が打った。やがて彼らは先へ進んでゆき、ぼくは柵にそって歩いた。ラスターが花の咲いているる木のところからやってきたので、ぼくたちは柵にそって歩き、彼らが立ち止まるとぼくたちも立ち止まり、ラスターが草のなかを探しているあいだぼくは柵の隙間から見つめた」（大橋健三郎訳）

　読み進めるにつれ、と老教師が嘆いた。ますます解らなくなる。それでいて魅せられる珍妙な味合いがあるのやから、切っても切れん縁繋がりになるのやな。

　それにしても世の中には解らんことが多すぎるよなと老教師が言うと、ツタ小母チャンが私《わて》はもっと分からへんと白状した。もっともや解る分かると老教師が救護の弁。世のなか分からんことで成り立っているようなもんや。私《わて》みてえな人が集まっとるのかな、とツタ小母チャン。按配わるいのは分かった振りして顎で人を使うのが思いのほか仰山いると言うことやなと老教師。そんな人のことを、とツタ小母チャンが宿直者の夜食を作りながら言い刺した。馬が鹿の角生やしとると言わない⁇。

第十八章　結びの詞

西の空に横たわる稜線が、薄っすらと雪化粧をした。その奥の山は見えないけれど、峰高い伊吹山が三度真っ白になると、雪が村里に下りて来ると言われている。濃尾平野の西北に位置する岩手村が雪景色となるのも近い。伊吹颪が無くても底冷えする。

学童たちは、学校を離れて開墾地に出ていても、焚き火で暖を取る事はできない。学校近くの奉安殿の土台造りで黒土を運んでいても、足先や手先が冷えて痺れる。また低学年の学童が教室で、机に向かって坐っているだけでも、我慢できない程に冷たくて震える。唇を小さな両掌で包んで息を吹きかけて一時は耐える。それらの子供たちに大人が叱咤する。「戦地の兵隊さんは、もっともっと寒い所でタタカって御座るんやぞ!!」。

夜になると木枯が軒先の竹竿の断面に吹き込んで笛音を鳴らす。夜半静まり返り、朝雨戸を開けると数十センチの雪景色。降り頻る粉雪で霞んで前方の見通しがきかない。それでも父さんとか兄さんが、藁編みの蓑を纏い雪掻き用具で、学童たちが通りやすい登校への路を開けて行く。校舎の通廊は学童たちが運んで来た雪が溶けて水浸し。襤褸布で拭き取る国防婦人会の人やツタ小母チャンたちは忙しい。小使い爺さんが手振りの鈴を鳴らし授業の始まりを報せる。やがて低学年の教室からオルガンの伴奏で学童たちが歌う童謡が聞こえて来た。雪やコンコン霰やコンコン降っては降ってはずんずん積もる、犬は喜び庭駆け回り猫は炬燵で丸くなる!!

歌声が止んだとき、屋外は再び吹雪となった。

季節は前後するけれど、日や時が移ろう小学校の、小使室に現われた役場の岩田長官が珍しく、酷く苛立っていた。

これまで通り手には、通達書を持っていたけれど、それを打ち振りながら、強い口調で声を震わせて言った。変わらぬ嗄れ声だった。これじゃ、世も末じゃ!! と。

ツタ小母チャンは竃に投げ入れなければならない一本の薪を持ったまま立ち上がり、怪訝な表情で岩田長官を見詰めた。薪の束を背に坐っていた三人の国防婦人も、恐怖感を覚えたのか手を繋ぎ合って固唾を呑んだ。

小使室に来ていた老教師は達観した目で平然としていたし、中川教務主任は早速岩田長官の手から通達書を引き取って読み上げた。

「津波黄国民学校校長から退職願の書状が届いたのだが、行方不明なので扱い方法がない。如何したものか。学校教員で諮って良策を乞う　岩手村村長」

追っ付け岩田長官が歳甲斐もなく、興奮状態で報告した。その報告の内容は、大垣駅から帰った村長が見聞した実際の、津波黄校長の動向であった。

国鉄名古屋支局から招待を受け、大垣駅から関ヶ原間の迂回線試運転の汽車に試乗したのは、岩手村からは二人だけであった。一人は村長であと一人は黒い防空頭巾に坊さんの墨染の衣を着た男性だった。ところが大垣に着いたら、黒尽くめの男は隣のプラットホームに駆け足で移り、黒頭巾と法衣を脱ぎ捨て、待ち構えていた若い女性と、急行列車に乗り込んだ。その二人はまぎれもなく津波黄校長と発田啓己であったのである。全く全く、と岩田長官は涙声で震えながら叫んだ。口惜しい!!　裏切り者の馬鹿野郎め!!。即座に中川教務主任と老齢教師は泣き崩れ、三人の国防婦人は肩を寄せ合って噎びないた。唇を噛んで走り出したツタ小母チャンは、控え室の奥、宿直者室に這入り、押入れの蒲団の下積みになっていた風呂敷包みを引き出した。津波黄校長が生涯の宝物としていた陸軍階級章付きの将官軍服だった。押入れの奥には軍刀が横たわっていた。ツタ小母チャンは熱り立っていた。

迷わずツタ小母チャンは、装飾された軍服を北窓開けて放り投げた。ついでに軍刀も投げ捨てた。畝立てした畠の黒土に、軍刀の先端が刺さり、直ぐに倒れた。
小さな青空が広がりつつある。

余情曲

元軍国少年の古傷

通巻六〇〇号の「北斗」発行を間近に控え、その前段階の五九九号では、竹中忍著『春愁』Ⅰ・Ⅱ巻を中心にした特集を企画されているとのこと。継続うるわしい「北斗」に敬意を表して止みません。その企画に因んで、グループメンバーでもない私に、主宰者から寄稿の依頼がありました。思いもよらぬ執筆に戸惑い、及ばずながらお応えすることにしました。

ことの切っ掛けは、贈呈くださった「北斗」五九七号の評論〝第三の敗戦〟の読後感をハガキに認めた事に由来します。この評論〝第三の敗戦〟は、いわゆる太平洋戦争で日本国が惨敗した後の、敗戦文学〈文壇〉の検証。

——楽感主義者でありたいと願う悲感主義者

——の敗戦検証考でした。

一九三二（昭和七）年、濃尾平野の西北端山襞に沿った片田舎で生まれ育った私は、この敗戦検証を種種雑多の苦い思い出と共に、恰も泥沼を泳ぎ足掻く気持ちで読みました。

当時十二歳の、軍国少年の私にとって、一九四五の敗戦（終戦では無い）とは、大人に裏切られたと言いたい、痛恨の感慨でした。

鬼畜米英、撃ちてし止まむ、月月火水木金金、富国強兵。一億玉砕。お国のため天皇陛下のためならイノチ惜しまず勇敢に、などと大人たちに鼓舞され、強制脅迫的な教訓に、不審感もなく盲信する軍国少年の私は、妄想逞しく竹槍で赤毛猿を突き殺し、悔いなく激戦地で戦死することに憧れました。そうすれば軍神として崇められるのです。

当時の婆さんが唄う子守歌に、ボクハ軍人大好キヨ、今ニ大キクナッタナラ、胸ニ勲章剣サゲテ、オ馬ニノッテハイドウド。稚児の血肉に浸透したことは間違いありません。

敵艦に自機もろとも体当りする特攻隊員の勇姿を見聞きするたびに私の血潮は騒ぎました し、七つボタンの海軍予科練兵士の軍服姿は輝き心酔の境地でした。これも血肉に浸透して、好戦意識を煽り立てました。

私が小学五、六年生のころは、食糧増産とやらの軍政権の上令のもと、本降りの雨でない限り、自分の家から鍬などの農具を持って登校し、村道の路肩に大豆を蒔いたり、運動場の大半を掘りおこし、護国芋《さつまいも》の苗を植えました。殊にきつかったのは村外れの荒地を開墾した事でした。代用食だけの空きっ腹の身が、汗と泥に塗れていても、学校へ戻る道程は軍歌を歌いながらの行進でした。欲しがりません勝つまでは‼。強制訓練に従順な軍国少年でした。

昼はサツマ芋の代用食。先生たちの軍隊式暴言叱咤とか体罰や平掌ぴんた。内心おびえながらも上官の体罰は天皇の戒めと悟れ‼　との強迫は伸び盛りの少年を虜にしました。都会からの疎開児たちの馴れない作業を、手助けする余裕などありませんでした。

毎朝、全校学童が整列し、上師号令のもと四方遥拝の儀式。東の方向にむかって天皇のご健在を祈り、南に向かって伊勢神宮に皇祖皇国の永久ならんことを祈る。西に向いては遠く激戦地でタタカウ日本兵士の武運長久と必勝を祈る。北に向いては激戦苦闘した英霊への冥福。いずれの方角でも全学童は真心こめて最敬礼。それを監視する担任教師。上意下達を宗とする時代でした。

それにしても私が一番怖かったのは、身近かな採点者、受け持ちの先生でした。

折りしも、一九四五（昭和二〇）年八月中旬、子供ながらも世の人達の激変を見ました。暴言叱咤を日常としていたピンタ先生たちも鳴りを潜め、これまでの荒くれ立っていた怒号も、敵愾心を剥き出しにしていた眼力も弱くなり、しょぼくれて指示や号令を出す気力さえ無くしていました。不思議でした。天体の底に沈淪《ちんりん》する海星《ヒトデ》とでも言いたい浮遊生物のようでした。

もちろん私とて張り詰めた神経を喪失した浮遊生物でした。大音響をたてて崩れ砕ける土石流に巻き込まれ、何が何んだか分からない自失昏迷の情態でした。タタカっまして、神国、帝国、皇国、軍国などと軍国少年の知識では纏め辛い島国が、まったく敵国の多かったことを、敗れて初めて知った戸惑いは混沌として整理できず、まったく自暴自棄になっていました。この自棄糞《やけくそ》感覚は後年まで抜けず自己救護は容易ではありませんでした。そうした昏迷の落し穴は底が深く、坩堝から這い上がるのも四苦八苦でした。輪をかけて、大本営の嘘っぱちな情報の後遺症や、カタカナ英語の洪水がなど軍国少年の私を、さながら針の筵に坐らされた情態となっていました。

判断力もお粗末でした。思えば小学五、六年生の、基礎知識を身につけていなくてはならない時機に、鍬で荒地を開墾し続け、授業を受けていない生半可な少年として、激変した大人たちからの言動に学ぶべきものが乏しく、選択肢は限りなくゼロに近く、混迷する毎日でした。

知能が幼少とは言え、受けたショックが甚大で、心も荒廃地さながら。また思考力も乏しく全くの浮遊物となっていました。

そうした混乱状態に輪をかけて、天孫降臨の嗣子、現人神《あらひとかみ》と崇め祀ってきた大元帥陛下つまり天皇陛下が、進駐軍の親分マッカーサーより地位が低い、などと村人の噂を耳にし、愕然としました。

また家族五人で近くの家に疎開している中京劇場の芝居役者が、半白髪で張りのある低い声で言っているのを聞きました。それは自国臣民三〇〇万人を戦死させた罪悪感と、二つの新型爆弾ピカドンで、広島・長崎を壊滅させ、幾十万人の国民を殺傷させた罪悪感は、どれ程の自戒をしても余りある重罪犯行なのに、〝朕ハ汝臣民ト共ニアリ〟などと反省さえしない非人道主義と、マッカーサーのピカドンで幾万のイノチを殺害した深い罪悪とを帳消しにした許せない罪悪行為。と声を強くして役者が言っていました。

もちろん軍国少年の私には理解できませんでした。もう一つ分からなかったのは、新聞記事でした。それは、二十四歳で肺病死した青年の日記公表なのですが、九月十五日の日付けで、朝鮮半島、満州を含む支那（中国）の皆さん、そして日本兵士に乱暴された諸国の皆さん、ゴメンナサイ。幾千回幾万回お詫びしなくてはなりません。もちろん許して戴けないのは分かっています。それでも重ねて喀血した口から申します。ゴメンナサイ。

この記事を見て思い出しました。かつて私が通っていた小学校で雨の日でした。泥仕事が出来なく、それかと言って教科書に沿った授業をする気にもなれないので、若い青年先生がお話をして呉れました。内容は違いますが有名な関ヶ原合戦の零れ話でした。戦場は東の大垣から西は関ヶ原にかけて約七キロの通称不破の里です。一六〇〇年九月十五日は明け方から雨で、刈り取り間近の稲田が相川を挟んで一面に拡がり普段は穏やかな盆地平野なのです。ところが合戦のその日は、十七万の軍勢が入り乱れて殺し合ったのです。踏み倒された枯れ黄金の稲穂は雨水に浸かり、その年の収穫はゼロ。戦いで倒れた馬や戦士が無残な姿で八時間後に残されました。もっとも困ったのは、その稲田の耕作者である百姓なのです。合戦の勝敗はともかく権力を握った徳川家康は、百姓たちにゴメンナサイの一言として言っていません、と青年先生は怒っていました。

でも私とて、ゴメンナサイと謝らなければならない事が仰山あります。少年ですから大人の言動を理解できないのは当たり前なのに、私は分かった振りをしているのです。素直に分からないと言えば、大人たちは諄諄と説明し、時には繰り返します。それが面倒臭いので私は分かった振りをして誤魔化すのです。

村役場で雑用係をしている爺さんが言っていた話も、半分以上は理解できませんでした。その爺さんは若い頃、海軍兵曹長として日露戦争に参加したと言うのです。どこまで本当なのか分かりませんが、私は納得した振りを通して話を聞き続けました。猛暑の八月なかばの玉音放送で天皇陛下が、堪エ難キヲ耐エ忍ヒ難キヲ忍ヒ、と言ったけれど、何に耐え忍んだのか分からない。もっと戦争を続けたかったのを我慢して耐えたのが本音であったに違いない、と爺さんは主張していました。

今になって、こんな調子で書けますが、つき詰めれば半分以上は分かっていません。分からん事は永遠に分からん事だってあると思います。この強がりは分かった振り癖の弁明なのかも知れません。


分かった振りを続ける私自身と、その姿勢を見て見ぬ振りをする世の中から離れてしまいたい気持ちの葛藤とが撹乱しました。それとは裏腹に頼れる何かを求めていました。少年の域を出ない私なので、求める手掛かりも知りませんでした。すでに両親は亡くしていましたし、兄姉の五人も自らのイノチを保持するのに全力を費やしていました。とは言え、心の蟠《わだかま》りを打ちあけるには、言葉も表現力も乏しく、自閉症寸前の情態でした。

するうち好きな女の子が出来て、胸の高鳴りを覚えました。けれども如何にせん言葉も表現力も貧しく、思いは空回りするばかりでした。空しさと儚さが積み重なり、そんな自分から逃げたい嫌悪感に苛まれました。もちろん体の中の幾億かの細胞は、大自然の恩恵を受けて生育されて行きます。

大人嫌いでありながら、大人に向かって育って行くイノチ!!　そんな或る日のこと、日記風の落書き帳の頁を開くと、思い掛けなくも二頁に亘って読書の薦めが綴ってありました。後日わかったのですが、子供のころ近江小佐治の古寺に養子として行き育てられた兄が、京都の仏教専門学校（仏専＝現佛教大学）の休講日にたまたま在所に来ていて記したとのことでした。それは、私の好きな女の子に贈る予定の下書きを、二番目の姉が目にとめ、帰郷した実弟に話したのでした。

綴られた読書の薦めには、亀井勝一郎、倉田百三、阿部次郎、トルストイ（レフ・ニコラエビッチ）、ニイチェなどの著者名が列記してありました。近隣の宿場町垂井の小さな書店には珍しくニイチェの〝曙光〟がありました。

「あらゆる物は、長い間存続すると次第次第に理性が染みこむので、そのためにもとを正せば非理性から出たことが、本当らしく見えるようになる。発生についてのほとんどすべての正確な歴史は、感情にとって逆説的であり冒瀆であるように思われないか？　立派な歴史は実際たえまなく反駁しはしないか？」

ニイチェのこの難しい文章を事も無げに読み流し、意味も解さず珍事のショックに酔い果て、読み続け解った積もりでいたのは、従来の分かった振り癖の発症に違いありません。にも拘らずニイチェを耽読できたのは、出来合いの曲にかまけて踊る舞子の習性と変わらないことだと思います。

何より小学一年生で覚えたカタカナの文章が時を変え、哲学者の名前とか題名になっている驚異は、私の分かっている癖の症状を倍増させました。ニイチェ、ツァラトゥストラ、……。私の薄っぺらな経歴はずたずたに刻まれてしまいました。それでもニイチェから離れられなかったのは、矢刺しの強烈な言葉でした。神は死せり、太陽よ、照らすものが無くなったら困るだろう!!。

私はあらゆるものから遁げだしたくなりました。とりあえず実在する足下の村から、そして生まれ故郷の風習から。当ても無い旅路のスタートラインに立ちました。行き先はどこでも良かったのです。でも、すくなくとも大垣より開けた都市を望んでいました。そして方向は東でした。曙光に近付くような錯覚があったと思います。

大きな川の鉄橋を渡りました。その車両の響きが開拓欲と冒険欲に満ちた私の鼓動を掻き立てました。多くの川を渡って来ましたが、川の際で森に囲まれたお城が車窓から見えました。その所為なのか間もなく停車した駅で下車しました。豊橋でした。気紛れ旅路の途中下車となりました。駅舎前の大通りが馬蹄形に伸びていて、それに沿った街並みは大垣を思い出すほどの大きさでした。左側の通りに面した書店に入り、豊橋を案内する冊子で町の地形と要所がわかってきました。書棚には他にいろいろの角度から町を紹介している本がありました。立ち読みした記事のうちで、驚いたのは、豊橋の大部分が太平洋戦争の頃、三河の軍都であったのを知った事でした。川際に見えたお城は吉田城と言って軍都当時は陸軍師団の司令本部があったとあるのです。その小作りの吉田城隅櫓《すみやぐら》まで私は歩いて見に行きました。駅舎に戻ると、すっかり日が暮れていました。結局その日は駅前の中華そば屋で夕食をとり、駅舎の軒下で一夜を過ごしました。

ニイチェの明言、神は死せりとか、太陽よ、照らすものが無くなったら困るだろう!! などを思い出しているうちに眠ってしまったし、路面電車の線路を軋ます車輪の響きで目が覚めたのですが、駅舎の屋根を照らす曙光にうっとりしていると、また転た寝してしまいました。

男の声で目が覚め、改めて見上げると戦闘帽を被った三十歳ほどの男でした。起こして済まないけど俺は紡績工場に勤めている守衛なのだ。欠員が出ているから、良かったら従いて来んかと言うのです。階級章は外しているが士官風の軍服を着て体格がよかったです。

切符を渡され小さな駅の屋根下の改札口を通って二両編成の電車に乗りました。これは渥美線と言ってノーホイ三河田原まで通ってるのじゃ。語尾のノーホイは方言のようでした。私が手に持っている切符には行き先が南栄とありました。

下車した南栄の駅は古い建物で、単線なのでプラットホームは片側しかありませんでした。その駅舎を出ると直ぐ前には道幅三十メートル強の大通りとなっていました。弾丸道路と言うのだそうです。三河田原まで貫通していて、その先は漸次策動中とのことでした。そして軍服姿の誘導者は、急に力を込めた声で説明しました。当時戦力十分の連合軍が、日本国を陥落させるため最も上陸しやすい遠州灘から襲撃する可能性があるので、その緊急時に備えて豊橋陸軍十八連隊が、完全装備で出動。そのために突貫工事で作られたのが、弾丸道路である、と軍服の誘導者が力説しました。

下車駅から軒を連ねた商店街に沿って、歩きながらも軍服誘導者が説明を続けました。かつて南栄駅は別名陸連隊駅と言いましたが、それは軍都の中心地であったからだ。駅の東側には憲兵隊の営舎が目を光らせ、その北隣りには陸軍予備士官学校。弾丸道路を挟んでの西には司令部直属の将校詰所。さらに南へ順に通信兵営舎、連合歩兵営舎、砲兵隊営舎、輜重《しちょう》隊営舎、溜め池を利用して鍛錬する工兵隊営舎など、文字通り三河軍部の中核をなす軍人群像の活写と申したい。正しく南栄は好戦の血潮が地深く染み込んでいると思うよ、と軍服姿の勧誘者は事も無げに言うのです。

聞き耽ける私。かつて軍国少年の頃は、タタカウ事を知らず軍人に憧れ、いま軍服の勧誘者に仮想戦容の在り処を耳にしていたのですが、分からんことが随分ありました。それなのに分かった振りをしていたのかも知れません。けれども軍服の勧誘者は詳細に説明を続けました。

軒並みの店が終わり左に折れて直ぐの、無人踏み切りを越えると、左側一面に草の生い繁った原っぱがありました。敵を欺くための這腹前進の訓練場となっていたとの事。右側の赤松林は次の駅の高師ヶ原を越えて、ずっと遠くまで拡がっている。渥美半島の先端伊良湖岬までの強行軍をする訓練場で、冬は寒風のなか夏は激暑をも諸共にせず決行。帰途は遠州灘の海岸沿いに天伯原を辿る。鉄兜《てつかぶと》に背嚢《はいのう》、銃剣かついでの完全武装なので、倒れる兵士が出ると上官による総合ピンタ攻撃を受ける。帰営すれば直ちに籾殻入りの俵を、剣付き鉄砲で突き刺す訓練と暇もない。それでも音を上げないのは、大日本帝国軍人の底力なのだ、と軍服の勧誘者が自慢気に強調するのです。

紡績工場の守衛室に入ると、軍服の勧誘者が急変しました。昨夜から勤めていた同僚が、帰りしなに「社長ご無礼します」と挨拶して出て行きました。間を置かず軍服の勧誘者が自己紹介しました。拙者は紡績工場の下請けをしとる警備監視会社の頭領でノーホイ二川中町に住んどる。昔は官舎ずまいで良かったけど、時代の流れには逆らえんものだよノーホイ。

そのとき私が気にしたのは、急変する以前の経歴と遍歴にこそ、悲劇の誕生を生む要素がありそうな事でした。按ずるかな翌々日の午後に軍服の社長は、払い下げの海軍戦闘服を着た二人の中年男を連れて来ました。言外に二十歳《はたち》に届かぬ私は守衛に不向きと言うことでした。代わりに私が紡績工場の従業員として働ける手続きも取ってありました。私はすべてを見透かされたようで妙な気持ちでした。さっそく私は独身寮と工場内の職場を案内されました。工場の本社は大阪にあって、豊橋の工場長が運営の指揮を司っている事も知りました。工場の下請け業者の頭が社長なのはこの世の仕来たりで不合理なのだと私に教えて呉れました。この世に罪、不正、矛盾が存在するなどと明言しているのはニイチェなのです。

働くこととなって職場名は織布といって、電動式豊田自動織機が千台、特大の一室に据えてあって、耳を劈く響音は騒鳴百雷、気が遠くなる異様な雰囲気の職場でした。まして経糸の摩擦を避けるため霧を吹かしてあるので、真冬でも半袖シャツで働けるのです。さらに私を困惑させたのが機械部品のすべてがカタカナ英語であったことです。極小の鋲一つにもカタカナ英語の品名がついているのです。かつて敗戦直後カタカナ英語の渦に襲われ世の急変に戸惑った事がありますが、もはや私はカタカナ英語の恐怖症になっていました。カタカナ人名のニイチェ、ツァラトゥストラ、ベートーベン、ゴッホだけで満足していたからです。

けれども私は、神は死せりと断言したニイチェを忘れてはいませんでした。独身寮には偶偶絵描き志望の画士がいまして、ニイチェの肖像画を油彩で描いて貰いました。勢い付いた私は、職場の事など忘れて渥美半島まで力の限り観て回りました。

渥美半島の先端にある伊良湖岬にも行きました。恋路ヶ浜の波打ち際で寄せては返す波足の長さが日本一と言われる浜辺は、見蕩れて時の経つのを忘れてしまいました。ここで柳田国男なる人が学生時代に、風の研究のため間借りしている民家から恋路ヶ浜へ二ヶ月間通い続け三個の椰子の実を見ているのに、椰子の実一つと言う歌は嘘八百などと教えて呉れた爺さんは、小山に散乱する枯れ木を集めていました。

また或るときは渥美半島の表海岸を散策しているうちに、地引き網で漁獲する光景を見ました。大きな漁網を沖合いに張り、太い棕櫚縄で引き寄せているのです。初めて見る漁法なので、つい見蕩れてしまいました。正確な構成は全く分かりませんが、私の見た目の判断では、砂浜に丸太を深く埋め、それを中軸にして大きな巻き取り機を回転させるのですが、回転させているのは二頭の馬でした。回転板に取り付けてある長い角材の両端をそれぞれの馬が円周線に沿って曳き回るのです。馬を嗾《けしか》ける漁師たちの声は威勢よく、波の音と競り合っているように感じました。それと同調して波立つ浅瀬に地引き網が、じりっじりっと姿を見せ、大きな網の片鱗を覗かせます。

竹筒で湯茶を運んで来た多くの女衆たちも、馬に声援を送りました。その中の高齢婆さんが、私の横で呟きました。私《わい》が若い頃はノーホイ地引網節を唄って、雰囲気を盛り上げたズラ。

私はその唄を聞きたかったけれど、唄は忘れられたのか手掛かりは、さっぱり掴めませんでした。

後日、以前に立ち読みした豊橋駅前の書店に入り、それとなく雑誌展示の棚で手に取りました。当地の識者が出している季刊誌でした。何気なく開いた頁には、昔日細采《さいさい》の欄があって、地引き網節の唄を探しましたが、見つかりませんでした。頁を閉じようとした時でした。別の筆者が愛の風について、短文を載せていました。気になったので買いました。

工場の独身寮に戻り、早速よみました。昔日細采の欄は、いきなり専門用語から始まっているので、私は戸惑いました。その文章は次の通りです。

浅瀬の海底盆地区域では、鰯《イワシ》など小物しか獲れないから、どうしても鮪《マグロ》など大物を漁獲したくなる。必然として遠航漁業となる。天龍海底谷区域での漁業となれば、一週間もしくは十日間かかる。時にはそれ以上の日数を経ることもある。

斯くして待ち焦れた家族は、沖合から神風の発生があれば、重荷の漁船は風に背を押され、いくらかなりとも早く帰って来られる。そうした愛の祈りを込めた風のことを、愛の風と称するのであるが、已《や》んぬるかな忘れられてしまったのが悔やまれる、とありました。

読み終わった私は、その頁を見詰めて思い出しました。別れる事は悲劇の誕生でなかろうか？　でもそれは人間的なのかも知れない。考え詰めているうちに夜更けとなりました。

・文章説明の愛の風と、自分の目で見る事が出来ない実存の愛の風との落差。
・軍都の中核の町と、戦闘強化訓練の不条理な歴史過程。
・生活の糧を求めながら職場に馴染めず、捨て鉢な愚行で日日を過ごした欠如の因果。
・好意を寄せた女工、石久保玉子との不調接触。
・ニイチェ哲学への半端な思考。
・軍国少年の古傷から完全脱皮できない不甲斐無さ。

どれもこれも、中途半端で行き詰まり、悲劇の誕生寸前でした。気が付いたとき失神していなかったのが不思議でした。けれども私は、混乱状態でありながら、意を決して、紡績工場長に退職願いを提出し、認められました。思いの外、退職金が多く、米穀通帳も受け取りました。それに軍服の守衛から多額の餞別を頂戴し、米穀通帳は身分証明になるから大事にするよう忠告も貰いました。

成せば成る何事も。このような言葉を思い出したのは、私の自惚れなのかも知れません。過信も盲心も悲劇の誕生に通じるにも拘らず、行き当たりばったりの心情で、つい東に向かう汽車に乗ってしまいました。途中下車をした半端な旅の句読点を打つことになりました。時は止っては呉れません。車窓から眺める海も終止なく白波が踊っていましたし、大空で流れ行く白い雲も浮き揺れていました。

隣座の婦人も爺さんも、詰め襟に金釦の学生も、声さえ掛けて呉れません。私も黙して語らずの独り旅となりました。車窓の外で聳え立つ日本一優美な富士山を、羨ましく思いました。

車掌が間もなく終点東京です、と触れ回って来ても私はピンと来ませんでした。異状な光景を見たからです。乗客たちは車輌の出口前方と後方を狙って行列前進を始めたのです。その姿が高師ヶ原の松林を歩行前進する完全武装の隊列と二重写しになったのです。

プラットホームに降り立っても私はまごまごしました。前後左右を見回しても、見慣れぬ光景ばかりなのです。プラットホームは一〇本ほど並んで居ますし、それぞれに発着する色違いの電車とか、乗り降りする雑踏の繁忙の光景は、混雑猛然の体で這入り込む余地など有りません。田舎育ちの私には、とんでもない大事件が勃発したのか、然《さ》もなくばどんちゃん騒ぎの祭りの賑わいを楽しみにして行く群衆なのかと独り合点しました。

いずれにしても私は、東京駅から離れたくて、プラットホームから階段を下り、駅の出口を探すことにしました。ところが階段を下り切った広い床は傾斜していて群衆の頭越しに、弾丸道路より広い通路の雑踏風景が見渡せました。厳格統制の軍列とは裏腹に、てんでんばらばらに往き来する乱行の風景でした。

そんな雑踏の中で私の名を呼び、片手を振る男性がいました。大都会の表玄関と言われる東京駅で、思いがけなくも呼び止められた私は、うろたえてしまいました。けれども人分けて近付くと、紛れもなくニイチェの肖像画を描いて呉れた彼でした。雑踏の中での立ち話では、美術大学生となって間がなく、東京にも馴れていないので、乗り換える電車を間違えて戻って来たところ、と説明して呉れました。奇遇は縁なもの、その夜は彼の下宿で泊まり、翌朝は近辺で私の間借り下宿を探して貰いました。道際の軒先に貸間あり、と書いた紙片が貼ってあったので、迷わず決めました。彼はアルバイトの関係で三鷹とか言う町に引越す準備で忙しいとの事。その場で別れてしまいました。何んだか借りっぱなしの間柄となりました。

ふと思い出したのは、著名学者の言葉です。我我の知識の九〇％は模倣もしくは借り物です。この言葉を何処で知ったのか覚えていませんが、学者の自白にはいみじくも受け身の素直さがあります。傍屋貸手も悔いなく忘れることを良しとし、自ら辿る道を歩むに違いありません。

独り身になった私も下馬町の住宅街とか、歩ける限りの道をほっつき回り、世の風を浴びたりしました。初めて使う米穀通帳で白米を買い求め、古物屋で小形の釜を入手しました。御飯の炊き方も管理人の小母さんに教わり、味噌汁の作り方も教えて貰いました。これまでに無い実生活の体験です。これも借りの範疇に入ると思います。学者風に言えば人生の九〇％が借りもののうちに入ります。

それでは不甲斐無いので私は、借りものを少しでも返したいので、彼や是やと探しまわりました。齷齪《あくせく》しましたが結果は出ませんでした。草臥れ果てたところで、私の地金が出てしまいました。軍国少年の成れの果て錆びついた捨て鉢感情の自棄糞行動です。中途半端にしか分からない歓楽街を彷徨い、辿り着いたのが暗闇の中で演技する人たちの映像でした。

その大きな方形のスクリーンの下部で、浮彫りになった黒い人影の不動の配列は、会場の後方に立つ私を無視し振り向こうともしませんでした。一人として私の存在を認めないのです。認めているのは大きく写し出された外国人俳優の、ギターを弾きながら歌い、共に合唱する幾人かの映像でした。私も大きな声で歌いたかったのですが、暗闇の壁に遮られて沈む以外認めて呉れません。映像に圧倒され凝視しているうちに、黒い人影の一人となっていました。

映像の言動を受け入れ、魅せられて溶け込み無我夢中の境地となりました。瞬間ふと軍国少年のころ滅私奉公を以って帝国の軍政に殉じた若衆たちに憧れた心が蘇り、複雑な気持ちになりました。けれども直ぐに映像の動きに無我夢中となり、映画館の雰囲気に新しいものを感じ、酔い心地に漬かりました。

週毎に切り替えられる映画館へは欠かさず見に行きました。新鮮な酔い心地に漬かりたいからです。

鉄道員、自転車泥棒、灼熱の代償、地下水道、レジスタンス等、忘れられない名作が私を虜にしました。痛快でした。その喜びは、繁華街をさまよっても消えませんでした。これで軍国少年の古傷も縁遠くなったと思いました。そして歓楽街を通っても不滅でした。それどころか賑やかな歌声が賞讃して呉れました。学生たちの運動活発な歌声喫茶店と看板にありました。葦簾《あしすだれ》を立て掛けた道角の店で、三枚の布暖簾《のれん》が入口でした。板張りのカウンターには五人程が腰掛けて五〇円のハイボールを飲んでいました。カウンターの奥は思いの外広く、三十人ほどの学生が声を揃えて歌っているのです。その合唱のリーダーは一人でアコーディオンを弾きながら秀逸な低音《バス》で唱和していました。その声の魅力に聞き惚れ私はついついハイボールを飲み重ねてしまいました。

それに連れて何時の間にか隣りに腰掛けている中年の小父さんと話すようになり、飲むほどに多弁となり意気投合しました。最初何を切っ掛けに話し出したのか思い出せません。もしかするとニイチェの肖像画を描いて呉れた画学生の事なのか映画のことなのか、あるいは三河の軍都を詳しく説明された軍服姿の社長のことなのか分かりません。いずれにしても中年の小父さんは画家で、上野の団体展に出品している本物の絵描きさんでありました。酔いにかまけて石久保玉子に纏わる短い小説を、ガリ版刷りの同人誌に発表した事に触れたのかも知れません。本物の画家の言葉が忘れられずに印象深く残っていたからです。君が本当に小説家を目指すなら、友人の小説家を紹介するよ!! そして名刺を貰いました。それでも私は半信半疑でした。ただ、それ以後も、落書き程度の短いものを書き続けました。何しろ書くことが面白いからです。幾日か置いて、歌声喫茶店で画家に会いますと、紹介した小説家を訪ねたか、と催促されました。瞬間、私は吹き矢で狙われたほどの衝撃と、ご好意を裏切った破廉恥さを感じ、謝る外ありませんでした。けれども弁解になりますが、軍国少年の古傷が完治されていないのを知ったのです。肝心な時に限って再発するのです。一九四五（昭和二〇）年夏期の、大人たちの急変と最高責任者のゴメンナサイの声がなかった事への不信が、時として疼くのです。けれども本物の画家は気に掛けず、私にハイボールを奢って下さったのです。

さっそく私は、翌日名刺の住所を頼りに、水道橋駅から北に向かって歩き、真砂町の清和寮を訪ねました。コンクリート造りの二階へ土足で上がり、薄縁莫蓙一枚だけの独身寮に上がる事になりました。画家とは一風変わった和服の着流し姿で、重重しい風貌の小説家でした。

紹介された名刺を見せると薄笑いして、そうか鬼怒君と会ったのか、と言われました。そして、続けて話されました。この名刺は俺が遣ったものだよ。それに鬼怒男と自分の名を万年筆で書き添えているのは如何にも合理主義の鬼怒君らしい。結婚前はそうでも無かった。彼とは前橋中学校の同期なんだが何事も程ほど適当で付き合いやすかった。名前は親が付けたのだが、利根川の支流の鬼怒川から取ったらしい。本名は大利根川を一跨ぎできるほどの鬼となれ、と希望念願で一文字の鬼と名付けたと言う。将来が楽しみだよ。

喋りながら小説家は急須に入れた熱湯の、濃い玉露茶を小さなぐいのみ陶器に注ぎ、飲み干すと直ぐにまた注いで下さるのでした。本物の小説家とは、このような人なのかと私は思いました。

それはそうと、と小説家森田素夫さんが止めを刺されました。今度くる時には、君直筆の原稿を持って来るんだな。私は小説家と言う人が、分からなくなりました。分かった振りをする余裕さえありませんでした。

それでも感激の熱情は冷めませんでした。帰りの電車でも、ほとぼりが加熱し、引っ越して間もない経堂の間借りの部屋に辿り着いたころには血潮が沸騰しそうでした。新たに試作を推考する余裕はありません。以前から書きつつあった短い作品を、夢中になって仕上げました。逸る心が先走り送り仮名や句読点などの間違いも気付かず、拙文乱筆のまま袋に入れて郵送しました。達成感と余情が充満していて、失敗箇所を思い出すほどの余裕はありませんでした。

横着な言い方だけれど、殴り書きの乱暴な拙作ではありますが、目を通して貰えるだけで満足しなければ、いけないと思います。

それなのに四日ほど経つと、一通のハガキが届きました。文面は極く簡単でした。君の熱意のほど分かりました。都合の良い時に電話を入れてから、原稿取りに来るとよい。

私は落ち着かないので、アルバイトの仕事を一日休んで訪ねました。変わらず濃い玉露茶を飲みながら、読後感を話されました。と言うより原稿用紙の使い方と小説の作り方などを教えて貰いました。

三回目伺った時には、専門家の目を通しての読後感を聞きました。まず君が書くものには哲学性を出しているが、世俗的な俗っぽさもある。恋人の扱い方が未熟で、下手糞なのだ、との酷評でした。さらに続けられました。通俗的な読み物作家になるか、あるいは限りなく人生の境地に挑む小説家になるか、二者択一の岐路に立って決めるのは、君自身なのだと難しい問題を投げられました。私は通俗的な読み物を読んで居ないので、問題はさらに難しくなりました。正直言って訳が分かりませんでした。ともあれ私に出来る事は、習作を書き続けることでした。

気分を変えて、思い切って引っ越しをしました。中央線荻窪駅の近くでした。やはり二階家の貸し間で、北窓からは小さな池や田圃を見下ろすことが出来ました。家主は大工さんで、階段下にはペンキ屋で生計を立てている画家がいました。他に女子美生とキャバレーの女が住んでいたと思います。

私は昼間にペンキ屋の下仕事や、大工さんの下仕事を手伝い、夜は机に向かって原稿の枡目を埋める作業をしました。明け方まで書き続けるのは珍しく無かったです。精根打ち込みこだわったのは、長い歳月抱き続けて来た希少難題があったからです。それは少年のころ見聞きした村もしくは小字区域の風習でした。

私が生まれ育った村の小字区域には、葬式組と呼ばれる四軒ほどの組織があって、四軒のうちの誰かが死ぬと、遺族以外の三軒がお斎《とき》の宿つまり出棺前の食事処を提供し、野辺送りの終点、村外れの墓場で荼毘送りの誦経の最中に火葬炉に点火。送列者がいなくなってからも、炎に巻かれた亡骸が完焼するまで見守らなければなりません。そして夜遅く遺族宅に戻り、役目の終わった事を報告するのです。

お国のため天皇陛下のためならイノチ惜しまず献身すれば軍神と崇められると信じ切っていた軍国少年の私は、実父の葬式でさえ祭りのように思っていましたので、子供ながらに、死ぬことを讃美していました。今となっては古傷が痛まない限り、生きることに無心で過ごしている状態です。

或る時など字引きのページを繰っていて新発見をしました。初めて見る隠亡《おんぼう》なる二文字が火葬を職業とする人と意味説明がありました。それ以後は隠亡にこだわり、あれやこれやと想像し、題材を膨らまし想定しました。

原稿用紙の枡目を埋めたストーリーは、隠亡爺と息子を主軸にして、火葬炉に入れた紙棺の妊婦が、点火と同時に鉄の扉を炉内から蹴り、隠亡の息子が慌てて扉を開けた。次の瞬間、隠亡の息子と妊婦と駆け寄ったその旦那が、吹き出た炎に襲われ、諸共に火達磨。さらに妊婦の旦那の爺と隠亡の父も駆け寄ったので、火中の焼死体となる。前代未聞の悲劇の構成を企てました。因みに妊婦の寵児は、隠亡の息子が二回もの強姦を果し、その妊婦は回虫が気管支に入り一時呼吸停止。旦那は女房が死亡したと早合点して早早茶毘に付したのです。

私はこの悲劇を書き終わると、早早に郵送したのです。五日後に私は一通の手紙を手にしました。小説家の森田素夫さんからでした。短篇にしては長い拙作の読後感が認めてありました。

熱意の籠った試作読みました。隠亡一族焼死の悲劇を編み出した技量は、小説家下林益夫の大勝利であるにも拘らず、読み進めるのに難儀した。全体にレトリック未熟、つまり文章が練られていないからだ。熟慮してもう一度書き直すことを奨める。近日中に原稿を取りに来るが良い。私は身の震えるのを感じました。心の葛藤に迷い悩み眠れませんでした。

後日原稿を貰いに行くと、さっそく濃い玉露の湯茶を飲みながら、レトリック練磨のため短篇の名作を読むべきだ。参考になるのはモーパッサンの脂肪の塊とか短篇の数数。読めば読むほど君が書くものに磨きが掛かるのだ。精励努力すると良い。と激励を受けました。さらに某同人誌のメンバーに加入できる手続きも取って置いたから、その仲間たちと切磋琢磨するのを期待しているなどと温かい言葉を戴きました。

それから数ヶ月のあいだわたしは短篇集を貪り読みました。そんな折にはからずも一枚の葉書を受け取りました。気晴らしに暇を見て来ないか!! とありました。森田素夫さんからです。お誘いは初めての事でした。

間借り二階の小部屋から中央線荻窪駅を利用して水道橋駅で下車、歩いて後楽園沿いの道を真砂町へ。小路を北に向かい清和寮に着くと、すでに森田素夫さんは階下の共同玄関で、待ち構えておられました。私を見るといきなり述懐されました。君は、俺のことを先生と如何して呼ばないのか?!。

私は咄嗟に分厚い壁に頭をぶつけられた驚愕を覚えました。これで縁切りなのかと覚悟しました。血相が変わるのは自分でも分かりました。初めて見る背広姿ですので能く能く思い詰めての断言に違いないとさえ思いました。絶壁の境地に追い詰められた思いでした。私は切腹断腸の思いで告白しました。仕事師の師弟でも政治家でも軽率に先生と呼ばれます。そんな俗人と森田さんを一緒にしたく有りません。この告白で私は軍国少年の古傷が癒されたと思いました。すると森田さんは高笑いしながら言われました。それが気に入って俺は、君の出入りを許したのだ。私は解放感を覚え、世間が明るく広くなった思いがしました。

それから森田さんが言われました。ゆっくりしか歩けないが、少し散歩でもしないか!!。正確には分からないけれど私ら二人は東の方に向かって歩いて行きました。思いの外私より体格のよい森田さんの足は重そうでした。でも歩きながら自らの回顧を淡淡と語られました。

俺は上州伊香保の温泉旅館古久家で生まれ育ったが、生来の心臓弁膜症で体が弱く、薬草を煎じて飲んだり、温泉風呂に浸かったりしたけれど、就学は一年遅れで画家の堀越鬼さんとは、前橋中学校で同期となったんだ。実父は再婚して、前妻と後妻の子供あわせて十三人養って呉れた。前妻の子供の一人が俺なんだ。それでも早稲田に入って小説を書いたよ。在学中から文壇の一流所に注目され一躍有名人となってしもうた。噂では世に有名な女優原節子と婚約したとか騒いでいたな。そのうえ俺が執筆した小説「冬の神」が芥川賞の有力候補となって、選考委員会で最終段階まで残ったにも拘らず、委員の二人が横槍を入れ拒んだ。あいつは千葉の通信隊でイノチ惜しまず滅私奉公しとるんやから、賞を遣っても糠に釘で意味が無いと強張したらしく、受賞は没になった。悔しいが時代が時代だけに諦める以外に手はなかった。運が悪いのは俺に纏い付いた宿命なんだろうからな?!。

何んとも遣る瀬ない小説家森田素夫さんの回顧談でした。

あと何処を歩いたのか、さっぱり分かりません。ただ森田さんが、東大病院の側を通り掛かった時、この病院には親戚の甥が専属医師として勤めていると言われた事だけを記憶しています。

憂さ晴らしを達したとでも言うのでしょうか、森田さんの表情が明るくなり、上野公園入り口の大樹の並木道を通って、大広場に出ました。左遠くに動物絵の看板と人の群れが見えました。さらに大広場を通り抜けると大きな貯水池が長く続きました。その貯水池を見た瞬間私は、軍国少年であった夏、山間の広い貯水池で泳ぎ、遊び疲れて家に着くと、ラジオ放送で玉音放送の声が聞こえました。さっぱり言葉が聞き取れず、天皇陛下は音痴病であったのかと子供ながらに思いました。

嫌な思い出の貯水池の側を通り抜けると広い通りの向かい側に、とてつもない横に長い建物が居座っていました。そして大きな看板にはヴァン・ゴッホ展開催中とありました。建物の真ん中の受け付けは、映画館では見られない大きくて余裕のある広さでした。揃いの洋服姿の案内嬢が六、七人並び立ち、入場客を誘導しています。

受け付けの窓口で入場券を買わずに森田さんは、案内嬢の一人に話し掛けていました。二、三度うなずいた案内嬢は会場入口から奥に向かって小走りして行きました。森田さんは胸を反らして気取った姿勢で入口の奥を見詰めていました。

しばらくすると恰幅の良い上品な紳士が現われ、丁寧な言葉遣いで挨拶をされていました。森田さんも対等な言動で応対されました。そして私のことを弟子の小説家と言って紹介して下さいました。さらに上品な紳士は早稲田の同期の旧友で、この博物館の館長であることを教えて下さいました。

それから館長の案内で展覧会場に入り、森田さんに続いてゴッホ展を見て回りました。地味な藍色の上に多彩な筆跡を鏤めた自画像と、いま一枚の淡白な薄金色を背景に、向日葵の花芯と花首の受け皿と、その主軸を緑色で描き分け、花首も黄卵色と茶黄色の群像を浮き上がらせています。詳細部分では花首から食み出た花片や緑の受け皿を燃え出ずる炎様に描き、太陽の花を感懐させています。

この代表作「ひまわり」と「自画像」は、初期の「馬鈴薯を食べる人達」とか「星空の下のカフェ」などと共に鑑賞者を釘付けにしていました。

展覧会場の中間には鑑賞者の休憩室がありました。その椅子に腰掛けるなり森田さんが呟きました。ゴッホの自画像が多いのには驚いたな、館長さん!!。隣りの椅子に坐った館長さんが解説しました。自分の中にある何かを探し続けたゴッホなんでしょうね。もしかすると光りなのかも知れません。馬鈴薯も向日葵も太陽の光で育成しますし、夜のカフェの空に輝く星の群れも光も、印象派の特徴ですものね。それにしても、と森田さんが呟きました。数多くの自画像を描くのに自分を見詰めすぎたのではないですか⁇。すると館長が言いました。そんな自分が嫌になって耳を切り落とし、再びピストル自殺に繋がったのと違いますか⁇。日本の浮世絵にも刺激されたと先程説明表示板にありましたけれど、と森田さんは、疲れた弱弱しい声で言いました。農民画家のミレーの影響もあったようで。俺《うち》の近くに住んでる小川泉もミレーの大ファンだから、ゴッホ展を報せてやりたいですな。するど館長が報告しました。先先日に鹿内君が来られまして。と言われますと、森田さんが間髪を入れず、あの経団連会長の⁇　そう言えば以前にその事務所に勤める娘さんが会長の紹介で生原稿を持って来ましたな。館長も透かさず合いの手を入れられました。神田で椿画廊を営んでおられる木村君も来て呉れましたけれど、生憎出張していて、失礼しましたよ。

鑑賞者の休憩室が、同窓会でも遣っている雰囲気となっていました。

ゴッホ展の後半も、ひき続き館長の案内で最後の展示室まで鑑賞させて戴きました。森田さんは大変に疲れた様子でした。館長は近くの喫茶店でゆっくり休めば疲れが取れる。それに久し振りの再会なので積もる話も出来るからと誘って、二人で出て行かれました。

私はゴッホの燃える太陽の画風以外に、作者が自殺しなくて良かったものが有るように思ったので、も一度展示作品を見ることにしました。森田さんからは別れ際に励ましの言葉を戴きました。これからも、追い詰めて来たものから逃げず、また向かって来るものには強硬に挑むことを期待している。

この言葉の意味を私は理解し、これまで以上に努力することを誓いました。そして、疲れて重そうに足を運ぶ後ろ姿を見送りました。

一人になると私は鑑賞順路を逆に、丁寧に展示作品を観て回りました。自画像は自分を見詰め過ぎと言う事でしたが、太陽の絵は燃え過ぎでないかと思いました。向日葵の花片でさえ燃えているのですから。花瓶に活けた多くの向日葵の半数ほどは燃える熱に煽られ花首が萎れています。太陽熱に挑む力が失せているようです。それでもゴッホ自身は、燃え過ぎの状態を自覚していると思います。静と動のバランスを良くしようと心得ていたに違いありません。燃え立つ向日葵の動に対して静の人物像の画を数点描いています。この発見を記念して私は、ゴッホの素描画「壺を磨く女」を絵ハガキの印刷ですけれど、買いました。習作でしょうけれど、前屈みの姿勢で足元の壺を磨く女の腰下を覆うスカートの膨らみの曲線は構図全体を圧倒し魅惑させています。農民画家ミレーの「落穂拾い」を彷彿させますし、どことなく浮世絵の影響を感じました。

このように静を持ち合わせながら、燃え過ぎる動で生涯を閉じたゴッホが、不思議でなりません。展覧会場の案内説明に依りますと、牧師の父を持つゴッホは、画材用具を背負って写生に出掛ける姿を村人に見られ、丸で百姓そのものと言われたのを、たいへん満足して喜んだとありましたが、純な素朴さもあったようです。

それだけに元軍国少年だった私は羨ましくてなりません。かつて上司の命令は天皇陛下の命令と思え、と脅迫暴言で鍛えられているだけに、素朴さを素直に出せなかった事が古傷を部厚い瘤にしています。

帰りは上野の森奥深くから、どの道を辿ったのか覚えていません。知ったか振りして無闇矢鱈に歩き、電車もいくつか乗り替えました。どこかの駅前の本屋で、気紛れに雑誌を手にしてページを繰ると太い墨字の草書が二行に並列されていました。私には読めませんでしたが小さい活字の十箇の文字は、一文字ずつなら読めました。一静制百動　一忍支百勇。でも全く意味がわかりませんでした。じっと見詰めているうちに、私への教辞なのかな？　と思いました。大工さんの家の借間に辿り着いた頃には、すっかり日が暮れていました。

一ヶ月ほど忙しい日が続きました。

家主の大工さんと絵描きのペンキ屋さんの下仕事の手伝いは手が抜けず、それぞれの仕事の進み具合で、どちらかの現場へ行って、手伝いました。私にとっては重労働でした。それでも夕方には共同炊事場のあくのを待って夕飯の食べ物を作り、食後一息いれると、机に向かいます。書く事が楽しいのです。もちろん安易な気持ちではありません。より良いものを書きたいからです。それに森田さんの訓告に応えたいのです。ゴッホ展の会場で別れ際に言われた言葉です。追い詰めて来たものから逃げず、向かって来るものにも逃げないで挑め!!　厳しいですが自分のためにも甘えておれません。迷い苦しみながら燃える太陽から逃げなかったファン・ゴッホのように!!。

一つの作品を書き終わった私は、さっそく森田さんが入会手続きをして置いて下さった同人会の編集長の自宅へ直行しました。在宅の編集長はとりあえず預かって置く、同人の仲間にも見せたいからとのこと。私は急いでいたので直ぐに帰り、家主の大工さんと一緒に建築現場へ行きました。この建築予定の土地はまだ更地でした。三人の日銭人夫に交じってシャベルで溝を掘って、鉄板の上で手練りコンクリートを作り、溝に運んで、十センチ程に敷き伸ばすのです。手慣れた人夫たちの手捌きは、私にしては師範でした。大工さんの説明では、コンクリートの上に基礎石を置き床下を支える角材を立てるとのこと。後は大工さんが鉋をかけた大きな角材運びをするのが、私の仕事でした。体の筋肉が引き攣るほどに疲れました。それでも私は夜になると昼間に作業をした事や、人夫達の言動を丹念にメモしました。ペンキ屋の手伝い仕事をした日でもメモをとり、備忘帳のページを大小の文字で埋めました。絵で言えば素描のつもりでした。

一ヶ月ほど経っていたと思います。ペンキ屋の仕事の手伝いから帰ると、一通の郵便封筒が届いていました。開封して同人雑誌のページを繰ると、何んと私の作品が掲載されているではありませんか。吃驚仰天。さらに編集長の一筆が添えてありました。さっそく同人会費を支払われたしとありました。

夕食前の空きっ腹でしたが、赤い夕焼け雲で明るい道を二キロほど走り、小路の入り込んだ道角の一軒家に辿り着きました。編集長は同人会費を受け取ると、十冊の同人誌を私に差し出して、君の割当て分だと言って編集前後の説明をされました。作品予定をしていた同人の一人が、クアラルンプールの日本人学校に赴任したもので、模擬同人の君の原稿五十九枚を、急遽取り入れることにした。印刷してから不明になって逃げられたのでは、元も子もなし、以前にそんな被害を受けた事があるから催促したのだとの事でした。

我我の同人メンバーには、いろいろな人がいる。ほとんどが教員で小中高の現役。お寺で産れ育ったのが居れば、もと中野陸軍学校で暗躍密行の訓練で鍛え上げたツワモノもいる。今は高校の校長をしているけれどな。俺とて尾張一の宮で小学校の教員をしていて、早稲田の先輩の紹介で売れっ子作家の事務局長をしているのだ。君も気が向いたら文芸月刊誌の編集を手伝わないかと誘われました。私は尾張一の宮と聞いただけで過去に戻るような気がしたので、受け入れませんでした。

けれども、この編集長が主宰する同人雑誌は、私が上京して初めて発表した作品が、商業新聞や月刊誌で取り上げられ好評でしたし、同人雑誌が発行される都度新作を発表するほどに筆が走っていたので、創作意欲に迷いはありませんでした。発表した八作目の短篇は異質の世界を舞台にして書きましたが、同人仲間は訝し気な目で読んで呉れたらしく悪評でした。それを森田素夫さんに郵送したところ、返信のハガキには、君の描写表現が上達し読みやすくなった。この調子で幾篇も作れば読み手も満足するだろう、とありました。

それ以後、私はアルバイトで忙しく、また創作の練磨に励みましたので、どうしてか森田さんに接する機会が掴めませんでした。月日が重なり三年ほどお会いしていませんでした。夏が過ぎ晩秋の雨に冷たさを感じる頃でした。

そんな或る日のことでした。間借りの二階四畳半の部屋で尿意を感じて階段を階下におりました。玄関の硝子戸からは午後の明るい光線が届いていて、右際の共同下駄箱の上に一枚の紙片があることに気付きました。ハガキなのかと思い近寄って見ると、私あての書き置きでした。電話を下さい至急に!! とあり、家主の大工さんの上さんによる連絡でした。至急電話を要請される相手は思い当たりません。強いて言えば森田さん一人だけです。さらに書き置きには家主の上さんの手で、買い物に出ますので留守します、よろしく、とありました。いつも電話をかけるときは、家主さんのを借りていたので私は戸惑いました。電話を借りるとすれば、玄関の前に広がる公園の溜め池の左上にある牛乳販売店しかありません。それに至急電話をかけなければならない相手さえ分かっていません。私は気も漫ろ同人雑誌の一冊を手にして、部屋を出ていました。都合よく牛乳販売店は開いていて、黒電話も奥まった所にあるのを見ました。声をかけると店長が現われ、電話の使用を許してもらえました。このときまで私は、電話をかける相手を決めていませんでした。それでは恰好がつかないのでポケットから同人雑誌を引き抜き、奥付けの編集長名の電話番号をダイヤルで回しました。すると女性の声が応えて呉れました。そして女の声がいきなり、気持ちを落ち着けて聞いて下さい。きのう夕方、森田素夫さんが亡くなりました。きょうの葬式は新宿職安通りの、群馬県人会館です。二時出棺、主人が会場で待って居ます。

私は何んと答えたのか覚えていません。ただただ驚愕の坩堝に落ち込み、水面下の渦に巻かれ溺れ沈んでいました。そして急ぎ足で自室に戻り号哭しました。階下のキャバレー勤めの女性も隣室の美大女性も慰める声を掛けて呉れるのですが、胸を押し上げる泣き声が号哭を呼び、止まりませんでした。二十分も続いたでしょうか、泣き崩れていては二時の出棺に遅れると思い、私なりの一張羅に着替えて玄関を飛び出し、西武線の駅まで走りました。冷めたい風が頬と髪を吹き撫ぜました。

下車した駅前には、以前に歌声を聞いた歌声喫茶がありました。堀越画家が森田さんの名前を教えてくれた思い出の店でした。けれども顧みる余裕などありません。タクシーを拾って乗車すると、行き先を告げないのに運転手が、県民会館ですね、と言って直ぐに発車しました。

タクシーは県民会館前では停れませんでした。タクシーのフロントガラスの前では、霊柩車の荷台に、白木の棺の先端が入り、見送る喪服の人たちが合掌して頭を下げていました。タクシーを降り路面に立った私は、またも胸底から押し上げる悲歎の情感が、抑えようもなく込み上げてしまいました。拙い私の創意の芽を慈悲深く見守られた恩人の最期も拝せず、せめて一言なりとも何かを交わすべきでした。などと思うと立ってはおれず私は路上にへたりこみ、涙目で霊柩車を見送っていました。密かに心底でごめんなさいと詫びながら。

路上にへばり込んだ私は面識のない三人の男の人に支え上げられ、県人会館の入り口への階段を上がることが出来ました。館内は大広間になっていて、折り畳み椅子の大半が除去されていました。私は広間の入口の近くで椅子に坐り、心の揺らぎが鎮まるのを待ちました。両側には先程からの男の人二人が付き添っていて呉れました。もう一人の男の人が、私のすぐ前に立ち、一枚のハガキを差し出しました。そして私の名前を確認し、私はハガキを受け取りました。表記には間違いなく私の住所と名前が書いてありました。差出人の名前は森田素夫さんでした。

黒縁メガネで大柄な目の前の人が言いました。本人不在の空部屋に入ったところ、森田の机の上に、その貴方宛てのハガキがありました。もしやと思って持って来ました。お会い出来て良かったです。ハガキの書面を私は読みました。

新作を読みました。これまでにない描写表現の確かな文章は、君の努力の賜物であり、将来が楽しみです。以後も切磋琢磨して精励恪勤《かくきん》することを祈る。近いうちに電話してまた来るが良い。

私の胸の鼓動が激しく波打ち、何やら見えない神様のようなものが、胸の底で羽撃くのを感じました。

しばらくすると、また黒縁メガネの大柄な人が教えて呉れました。われわれ三人はね、それぞれ気が向くと森田の部屋を覗き、あの濃い玉露茶を飲んでは喋り合ったんだ。森田には隠し芸があって、絵を描くのも好きなようでしたよ。すると私の左側の人が言いました。裸婦の絵を何枚も見せて貰いました。続いて右側の人も言いました。歌うのも好きなようでしたよ。暇に任せて近くの判子屋さんに行って駄弁り、時にはシャンソンなどを歌ったそうですよ、わりに声量があって判子屋さんも仕事をしながら聞き入っていた、との事でした。負けじとばかりに、また左側の人が話しました。判子屋の息子がぐれてオートバイを乗り回して遊びまくっているので親父さんが困り果てて森田さんに相談したそうや。その息子を捉えて森田さんが芸術論を聞かせ、結果的には、判子屋の跡継ぎになったそうですよ。さらに息子さんも然《さ》る者で何んと篆刻の特技を生かして仲間たちと、銀座の画廊で篆刻美術展を開くまでの活動家になったと聞いております。

とうとう偲ぶ会が終わるかと思ったとき、会場の向こう角から突然に現われた四十前後の男性が立ち止まって深く頭をさげて自己紹介をされました。

私は森田素夫叔父の従兄弟で、東大病院に勤めます臨終科医でございます。本日は雨の中お寒い中にもかかわらず御参拝くだされ有り難うございます。実は私オートバイで火葬場まで野辺送りしましたけれども、用事がありまして荼毘を見ずして戻って参りました。皆様には素夫存命中なにかとご交情たまわり厚くお礼を申します。素夫叔父は三日前に町角の道端で倒れ、通りがかりの方に急報をいただきましたが、住所氏名不詳。つまり野垂れ死者の扱いで、無縁仏となる所でした。専門医の私は、もしやと思い、無縁仏収容庫に入り点検しましたところ、居るでは有りませんか。普段着の着流し姿で、生来の心臓病が死因でしょうから、苦しんだ表情もなく穏やかな仏顔でした。臨終の報告をおわります。有り難うございました。

会場の目立たない角で、同人誌の編集長は居眠りしていました。


解散となり会場を出ました。都内の周囲に住む参席者は、ほとんどが職安通りを西に向かって歩きました。黒縁メガネの大柄な人を先頭に、続く数人ずつの塊が四つ五つになって、ゆっくり喋りながら歩を進めていました。私は中程にいましたけれど、遅れがちでした。一キロほど歩いた頃には、いちばん後の塊の中にいました。同人誌の編集長がどこに混じっていたのか分かりませんでした。

先頭の塊が電車線路のガードを潜る手前で左に折れました。最終に私が左に折れた頃には、先頭の黒縁メガネの大柄な人が、西新宿駅の前に辿りつき、みんなが着くのを待っていました。泣き面でタクシーを拾った駅前なのです。

ようやく私が駅前に辿り着くと、どうやら何処かの店でコーヒーを飲みながら談合しようと言うことになっていた様です。すでに歌声喫茶店からはアコーディオン伴奏での合唱が聞こえていました。道向かいには繁華街なのに山小屋と記した店の看板が目立ちました。その二軒東隣には、クラシックとともにコーヒーの味合いと記した縦長の看板があって店名の田園が大きな文字で客の目を注がせていました。

私たち四十人前後の客を迎え入れる店が少なく、黒縁メガネの大柄な人が探しあてた三階まで客席のある大きな喫茶店でした。仲間たちの客席配置に気くばりしている黒縁メガネの人は忙しそうでした。

まごまごしている私を、一階入口近くの席に案内して下さったのも、黒縁メガネの人でした。このように優しく気配りする人を友にした森田素夫さんは、楽しい時日を送られたに違いないと思うと私は少少羨ましく感じました。

私が腰をおろしたソファーには、すでに先客がいました。茶色の蔓メガネをかけた精悍で上品な顔立ち。簡単には人を受け入れない感じの紳士でした。時どき通りかかる女性が敬意を表して丁寧に腰を折って過ぎ去る。それなのに黒縁メガネの大柄な人はリコウさんと馴れ馴れしく声をかけているのです。隣に腰かけた私に、開口一番おどろいただろう‼と単刀直入に言われ、白シャツに蝶ネクタイの女店員が飲み物の注文を取りに来ても、メニュー一覧表の一点を指差すだけ簡素適格な指示。私は面食らいました。それでいてリコウさんは私には惜しみなく話して下さるのです。

森田は良いやつだった。俺とは長い付き合いで、早稲田のころから森田は学生作家と持て囃され、五月蝿くなると俺の所へ脱げてきたり、雑文原稿に手が応えなくなると俺に助けを求めて来たりして、いろいろと思い出を作って呉れる楽しいやつだったよ。

俺が江古田に住んでいた頃は、たびたび森田が来て俺の蔵書を首っ引きで読んでいた。なんせ三千冊の蔵書だから読みでがあろう。その代わりと言っては何んだけど、森田が実家で温泉療養していて、そのお見舞いと託《かこつ》けて四日ほど温泉暮らしをした。彼の親父さんの後妻は中曽根康弘の姉御なんだけど、素夫の親友とあって至れり尽くせりのあしらい受けて殿様扱い。俺は大分日田藩主の子孫なんだが、看護婦を娶ったのを言掛りに勘当され孤立無援。それだけに森田の古久家温泉旅館で受けたあしらいは、俺の人生観を変えた。

森田のおかげだね。それ以後は諸諸の形で代償を払ったけれど、森田の死を止めることは出来なかった。残念無念。けれども森田が〝冬の神〟で芥川賞を取りそこねた余情の大穴を俺が受賞作〝春の草〟で穴埋めしたと解して呉れば、世の濁世も払拭できるのではないかと思うのだが。君の考えを是非聞きたいものだ。いずれ、また会うことにしよう‼。

日を重ね二十日ほど経っていました。その日は同人会の作品研究会とあって、テキストは著名人の単行本〝厄介な手荷物〟でした。私もそのテキストを持って、野方駅前の公共施設別室へ行きました。出席者は欠席三人で九人でした。創作の参考になるかと期待していました。

すでに編集長は来ていて、いつものように滞りなく喋り続けていました。話の内容は森田素夫の葬式のようでした。私の出現など無視しての饒舌でした。同人仲間はテキストを開きながら、葬式の話を聞いていました。

俺も参列して棺を入れた霊柩車を見送り、会場に残った人たちの様子を観察していたのだが、いろいろと世話しているのは故人の友人で、本音は次期都議選の票集め以外の何ものでもないと俺は見抜いたよ。多くの人は、あいつはアカであることを知ってるから、相手にしていなかったけれどどな。

結局この日の研究会は、編集長の饒舌でおわりました。

常例どおり二次会は道向かいの焼き鳥屋に入って葬式の話を聞く事になるのかなと思いました。やはり同人の七人は暖簾を潜りました。けれども編集長が俺の家に来て呉れないか？　と誘うのです。不思議に思いましたが断る理由が見付からなかったので、付き合いました。西武線の電車に乗り五つ目の駅で下車。この間車内では西武線の駅は新宿に向かうのが下り線で西に向かうのが上り線なのだ、昔は京都が行政の中心であったからだと教えるのです。どこかに教師の口調が残っていると感じました。

下車して数十分ほど北に向かって歩くと小路に挟まれた三角土地に建つ家があり、その庭の先端にブロックを積み上げた小屋がありました。編集長は私を誘って入口から小屋に入りました。どことなく薄暗い屋内でした。すると編集長はいきなり私に言いました。小荷物を指差して勧めました。

これは森田さんの部屋にあった荷物なんだけど、君が持っているのが一番いいから持って帰って呉れ!!。私は答える言葉がありませんでした。古い紙に包んだ三〇センチ立方ほどの重そうな荷物は、雨曝しにされたような感じで、ささくれた箇所がありました。縦横十文字にかけて縛ってある縄は、古布を捩ったような頼りない細縄なのです。持ち上げようとしたとき、すでに編集長の姿はなく、小路には通りかかる人の姿もありませんでした。

担ぎ上げると、やはり重い荷物でした。

駅ぎわの踏み切りまで戻ると、すでに体のあちこちに痛みがありました。荷の重さは疲れと共に増加して行きます。そういえば極く最近、引っ越しした事を思い出しました。以前に初めて作品を発表した折、編集長の催促に煽られ会費を納めに走った時より、距離は短くなったはず。思い出して気は楽になりました。けれど、重荷を担いで歩くことに変わりはありません。とにかく歩く以外にありません。

千メートル近く歩いたと思います。馴れない鉄の外階段を、重い荷物と共に一段ずつ運び上がり、間借りの四畳半に辿り着くと私は咽び泣きました。森田素夫さんが凝縮され重い荷のなかに閉じ込められたのだ、と思ったのです。居ても立ってもおれません。けれども体の筋肉に激痛が広がり、横倒しになったまま咽び泣きしながら、眠ってしまいました。

私の名を呼ぶ皺枯れた女の声で目が覚めたのは翌日の昼過ぎでした。隣り部屋の家主のお婆ちゃんが心配して声を掛けて下さったのでした。

近くの米屋で少量の白米を買い炊事していると、隣室の婆さんが馳走四品を差し入れて下され、私は元気づきました。階下に住む家主の祖母とのことでした。食べ終ってから担いで帰った重い荷物を解いて、凝縮された中味を見ました。圧縮された紙は直ぐには剥ぎ取れませんでした。いっとき水に漬かって乾いたのかと思うほど密着しているのです。時間をかけて一枚一枚剥ぎますと、細かい文字をぎっしり書き連ねた遺稿でした。

草書、略字、癖字など判読するだけでも字引きなどで適字を探したり透かし見たりして苦心を重ねました。一行を書き写すのに三日も要しました。都合よく昼間のアルバイトの現場が近く、歩いて二十分の骨董屋でした。以前の間借り下宿の家主の大工仕事を手伝うのですが、骨董品の倉庫を建て増しする工事でした。もちろん夜は遺稿の判読作業です。

その遺稿の用紙を透かして見ているうちに一つの発見をしました。用紙には会社名を印刷した文字が薄く入れてあるのです。その会社で石川利光さんが顧問をしておられるのです。親友から紙を譲り受けて遺稿を認められたに違いありません。因みにその遺稿を書き写しますと、昭和二十年の日記となっています。少し長いですが書き留めておきます。

十二月七日

夕刻　松戸　石川宅訪問、当夜一泊。風邪にて四、五日前より休社とのこと。小生、応召中、最もよく手紙くれしは石川利光なり。日本文学者のこと、日本文学報告会のこと、公私共、親切にしてくれたり。終戦後、直ちに来信ありて、松戸なる「拙宅」に来れ、宿舎をなすべければ、といひしは彼なりき。重ね重ねの厚情あり。小生は九月六日復員後、伊香保にあり、十月中旬改造社その他、友人らに挨拶のため上京、石川宅を宿とす。約十日ののち帰郷。十一月二十日頃、先に上京の折、連絡せし小野君より来電「シゴトアリスグコイ」。二十三日上京。東西出版に勤めを定め、豊川町を宿とす。二十八日、衣類その他を家にとりにゆくため汽車にのる。十二月二日、再び上京、三日より勤めはじむ。七日は即ち、石川君に挨拶にゆきたるなり。一泊ののち、八日午後二時頃かえる。この手帳二冊、鳩居堂の茶二本、ミカン一山、フカシ芋一食分、貰いたり。小生の鞄一杯となる。空から来て一杯になったとて小生も笑ひたり。

豊川町にて　十二月九日記

十二月二十九日

松戸、石川君を訪れたり。この日午前中にて、一先づ社は、年末年始休暇なり。「ニュース」創刊号は準備不足のため発刊遅れ、漸くこの頃目鼻つきたり。休暇前の一応の締めくくりとて、原稿を小野君と相談の上、割付、印刷に廻し、二号のための依頼状を発送す。二時頃社を出て、松戸にゆく。石川君はまだ風邪の予後休み居たり。殆んど一ヶ月なり。「大株主の教育課長」なれば、勤めの方、甚だ自由なり。前々日速達にて、小学館発行の新文学雑誌「新人」に小説三十枚かかずや、締切り一月十日なりとて、編集次長砂原彪君よりいひ来たれば是非かけと中継ぎくれしものなり。編集長は荒木嵬君なり。いずれ「新人」からも依頼状ゆく筈なるも、兎に角かくことなりとて、力づけくれしものなり。いつも午の石川君の厚意なり。その返事もあり、久々にて病気の見舞ひも兼ねて松戸へゆきたるなり。もうそろそろ来る頃ならんとて待ちいたりとて、相変わらず心よく迎えくれたり。例により物資不足の折にもかかわらず、最大級の御馳走なり。先日の時にも、とらやの羊カン、この度はあまい「ゆであずき」なり。

二十日午後一時すぎ、豊川町帰宅。二階の障子など張りかえる。

遺稿の日記二日分を判読しながら書き写した翌翌日の朝、階下を住まいとしている家主の定常さんから誘われました。区役所で職員を募集していますが、応募してみませんか。わたしは区役所の下請け仕事で出入りしていて、あちこちの関係施設で工事をさせて貰っています。時には希望者の保証人になっています。もし宜しければ貴方の保証人になっても構いません。婆さんも女房も賛成していますので安心して下さい。私はそれとなく応えてみようかな？　と思いました。それで直ぐに鉄の外階段を下りましたところ、道端にオートバイが停っていて定常さんの指示で荷台に跨がりました。工事場を見回るには此れが便利なんですよ、と言った定常さんは直ぐに発車しました。病院前を通り青梅街道を東へ走り十五分もすると区役所に着きました。

ガラス張りのビル際まで乗り入れたオートバイから下り受け付けで男の人と話した定常

さんは直ぐに出て行きました。私は男の人の案内で役所内の広い一階ロビーの片隅で面接を受けました。と言っても一枚の書類に住所氏名を書くだけの試験でした。すぐ下の保証人の欄には、すでに定常さんの署名がしてありました。つまりそれだけの手続きで採用決定と言うことでした。職種は区立学校の学校長代行管理となっていました。さっそく明日から指定職場で勤務することになりました。勤務時間は午後四時半から翌朝七時までなので森田さんの遺稿の日記を判読するには打って付けのようです。しかも給料が貰えるのですから、渡りに船と言ったところです。もちろん間借り部屋では木の箱を机にして、創作に専念できるのです。

勤務場所は、荻窪駅北口から青梅街道を西に向かい、商店街を三分も歩くと右折、日高通りを五分ほど進むと右側に校舎と正門が見えました。近道として駅北口から教会通りに入り四回ほど曲折した小路を進むと運動場と校舎が見えるとの事。その日の帰りは青梅街道を西に向かって歩き、二十分ほどして警察署と郵便局の間を右折。病院の前を通過し、墓地を右にして左折、間もなく定常家主の二階鉄の黒い階段を上って間借りの四畳半の自室に到着。そして再び遺稿を取り出して積み上げました。解放された遺稿は嵩高になりました。夕餉時には家主の上さんが、赤飯と煮込み料理三皿の膳を持って来て下さいました。就職祝いとのこと。隣室の婆さんと似通っているのに驚きました。いずれにしても心優しい家族に出合えて喜び絶頂、遺書のハガキと遺稿の山に、送り膳を供え感謝しました。

翌年には、森田素夫を偲ぶ会がありました。会場は大隈庭園座敷の大広間で親交者や早稲田関係の学者など五十人近くが静かに飲みながら談話しておられました。世話役の黒縁メガネの大柄な人と鈴木幸雄教授が穏やかに進行を謀っておられました。するうちフランス文学の新庄教授が、上座奥を女装まがいに腰を振りながら左から右へ小走りに進み、自分が走って来た方向に指先で一直線を描き、最後に〝女の一生〟と説かれました。続いて石川利光さんが生真面目な表情で会場の中央に現われ、腰の革ベルトを抜き取り、畳の上に伸ばすと指先で盃を持ち、酒がいっぱい入った図を演出されながら、革ベルトを踏んで、わざとふらつきながらサーカスの綱渡りを披露されました。

普段は酒を飲まない下戸のはずなのに、酔漢の演技をされる掏り替えテクニックは、利光さんの作品〝春の草〟にも生かされていると評されていたのは、森田素夫さんであったと私は記憶しています。それでは森田さんの作品はどうなのかなと思った私は、小さな書棚の数少ない蔵書の中から一冊だけ取り出しました。小壺天書房版の単行本〝女中の四季〟でした。森田素夫著目次の初頭に〝冬の神〟とあります。

「冬の日がとっぷり暮れて了ふと、待ちうけたやうに、轟々と山鳴がはじまる。楕圓形の湖面がぴたり張りつめられた氷の鏡は、みりみりと、気味悪い音を立てて、今にも内部からもりあがって、ぱんと割れるかと思はれる。そのたびに、氷の質はぐっと堅く引き締り、冷たい光りを増して来る。湖面より少し小高い砂地から、ずっと三方に拡がってゐる冬枯れの荒地には、真裸かの枯れ木がひゅうひゅうと夜風に叫び出す。野兎は根株にうづくまり乍ら、じっと眼をつぶろうとしても、吹き飛ばされて来た一枚の枯葉が、すり切れた耳にさはるのにもおびえる。

冬が来ると、いつもきまって獵人の散彈に追い廻はされるので、四六時中、気を張り詰めにしてゐる上に、夜は夜で、明日にそなへて、もっと安全な隠れ家を探すために、荒れた凹地や根株へ轉々と跳びうつらねばならなかつた。」

これを読みました私は、明治の文士長塚節の短篇〝おふさ〟を思い出しました。その初頭の文章を書き写しますと次のような文面なのです。

「刈草を積んだ様に丸く繁つて居た野茨の木が一杯に花になつた。青く長い土手土手にぽつ〳〵とそれが際立つて白く見える。花に聚つて居る蟲の小さな羽の響が恐ろしい唸聲をなしつつある。土手に添うて田が連る。石灰を撒いて居る百姓の短い姿がはらりと見えて居る。白い粉が烟の如くその手先から飛ぶ。こまやかな泥で手際よく塗られた畦のつやゝかな濕ひが白く乾燥した田甫の道と相映じて居る。蛙が聲の限り鳴いて居る。田の先も岸も皆畑である。畑は成熟しつゝある麥の穂を以て何處までも掩はれてある。麥の穂は乾いた土の如くこまやかに見える。鬼怒川は平水の度を保つてかういふ平野の間をうねり〳〵行くのである。ヤマベを啄む川雀が白い腹を見せつゝ忙し相にかいくと鳴きめぐる。ひらりと身を交して河原に近い浅瀬の水を打つて飛びあがる。午時を過ぎた日の光を浴びて總ての物が快く見える。髪結のおふさはいそ〳〵として土手を北へ一直線に歩きつゝある。中形の浴衣の上には白い胸掛を掩うて居る。おふさが此の土手を北へ通う時は屹度器量一杯の支度である。」

このように二作とも申し合わせたように、初頭から本題を念頭に置いて、真正面に挑んでいます。けれども〝冬の神〟のほうは読んでいるうちに、掏り替わっているのです。登場する兎が一頭だけでなく家族ぐるみ、掏り替えられています。公魚《わかさぎ》も同様です。石川利光さんは控え目で気付かれないのですが、〝冬の神〟は実直なのです。さらなる終末では「小魚は白い腹を見せて沈んだが、すぐ向き直ってうれしそうに鰭を振り、有難うをいうように、えらをふくらませ、すぐ水の下に隠れた。

御覧、兎は今駆けてゆく。水の銀盤を真一文字に。我が家へ。我が穴へ。護って下さるお月様も及ばぬ程早く。」（小壺天書房版）

さて読み終わった私は、目の前の山積み遺稿を見詰め改めて困惑しました。知人の出版社関係の方に相談しましたところ、意外な人を紹介されました。さっそく訪ねて行くと、ある刑務所の刑務官で破格の安値で請け負って貰えることとなりました。さっそく私は一人だけの文芸自主雑誌を設立しまして、書き写し済みの遺稿と書き溜めてあった一〇三枚の小説を編集して、出版しました。そして区立図書館で調べた限りの団体とか知り合いに郵送しました。反応は良好でした。大隈庭園の偲ぶ会の面面や知り合いなどカンパさえ下さる方もいました。わけても森田素夫さんの出身地群馬県の人人からの評価が高く、商業新聞に取り上げられました。私はますます活気付きまして森田さんの恩に報いる償いを果したように思い満足していました。

結果としては、遺稿の山を判読し自主雑誌に掲載し終わるまでには十年かかりました。忘れられてしまった森田素夫を蘇らせた君は立派だ!! と賞讃くださった石川利光さんは自主雑誌に投稿くだされました。その12号の日記の括り特集には、十日会からのメッセージとして、石川利光、八木義徳、恒松恭助、市川為雄、藤川徹至諸氏の名があります。さらに周辺林道の風と光欄には、山田静郎、中沢泰男、梁瀬和男、上村房江、横川敏晃諸氏も投稿して下され、誌外の商業雑誌に掲載された方方、関俊治、白川正芳、江口恭平、野口武久、服部文男、高井有一、川浦三四郎など氏名が連ねてあります。

いろいろと御配慮くださった皆様にお礼を申し上げ、森田素夫を偲んで止みません。

合掌。

「北斗」の竹中忍主宰からは執筆激励のお手紙をいただきお礼を申します。
有難うございました。

あとがき

一人の老作家のことを思い出す。かつて親睦を深めたその老作家が、旧友を偲んで随筆を認められ、発表された時の出来ごと。その随筆を読んだ周囲の人たちが〝あれは小説〟と感動して口口に褒めたのである。ところが老作家は心外と受け取り、具《つぶさ》に反論された。その反論主張とは、分野を問わず、感動すればすべてが小説なのか、と問題を提示。意地悪く解せば、新聞記事とて感動すれば小説と言うことになるのではないのか？。それが通用するとなれば〝創作〟なる言葉が死語となる。併せて純文学の真価も曖昧混沌とし、終焉と成りはせぬか⁇。などと主旨一貫。厳しい視観の論調であった。

このたび発表した拙作は、小説と随筆をはっきり分別したつもりである。けれども読み手が、わが主旨とは全く反対の感動をされた場合、どのように解してよいのか？まごついてしまう。いずれにしても、発表作は実作者として信念を持って執筆したのだから、協して御理解いただければと念じている次第なのである。

創作「ツタ小母チャンと村人たち」は四年がかりの労作。どちらかと言えば短篇の積みかさねの結果となり、叢談十八章をとおして一筋の糸が、弛まず奮闘した作中の主人公ツタ小母チャンの真情。言い換えれば女の一生を繋ぎ留めた絆である。そのようなツタ小母チャンを支えた常民の、温かい言葉や行動も、村人たちの底力となっていて、片田舎の風習と人情などの情景を醸していると信じる。潤う感情で楽しんで戴ければ、実作者として幸甚である。


かたや随筆の「余情曲」は安易な気持ちでタイトルをつけていたが、今となってはその意味を知り、反省すること頻りである。因みに辞典に記されている解釈説明では、
①あとまで心に残る情趣。余韻。
②言葉に直接表現されず、言外に感じられる奥深い気分。情趣。
（旺文社版辞典）

また別の解釈説明では、
物事が終わったあとも、心から消えないその味わい。また、言語芸術などで、直接に表現されず、言外にただよう豊かな情趣。

（日本国語大辞典＝小学館版）

となっている。

はたして拙作の随筆「余情曲」にそれほどの詩情とか詩趣があるのだろうか⁇。反省すれば為るほどに萎縮してしまうのである。

いっそのこと、童心から抜け切れない軍国少年が、故郷から飛びだす舟出の折の心境を、ソレギッチラギッチラギッチラコ、と童謡「舟頭さん」のリズムで表現した方が良かったのではないのか?などと迷い放しなのである。大都会と言う大海原での人との邂逅や死の別れには、言語では表現できない余韻がある。そのような詩趣が拙作の随筆にあるのかどうか⁇。と危惧する情態から抜け出せない今日此の頃なのである。頼りたい杖もなし、の心情と言ったところなの!!である。

このたび未知谷の飯島徹氏のご配慮のもと、拙作を出版する運びとなった。最後になったが、紙面を借りてお礼を申し上げます。加えて私儀高齢のうえ足が不自由、さらに難聴などの症害にお心くばりを賜り、幾重にも礼意を表したい。ご理解ある方に巡り合えた幸運にも感謝しなければならない。

二〇一九年二月

著者識

しもばやし　ますお
1932年、岐阜県生まれ。
1954年、上京。文学同人誌『渦巻』『低地』『季節風』『文学者』に参加。1985年独立、文芸自主雑誌『地平線』を発行。創刊号より第12号までに多くの作品を発表。併せて11回に亘って「森田素夫の日記」を連載。
著書――『第一創作集』『第二創作集』『第三創作集』『第四創作集』『第五創作集』『第六創作集』。

ツタ小母チャンと村人たち

2019年3月25日初版印刷
2019年4月10日初版発行

著者　下林益夫
発行者　飯島徹
発行所　未知谷
東京都千代田区神田猿楽町2丁目5-9　〒101-0064
Tel. 03-5281-3751 / Fax. 03-5281-3752
［振替］ 00130-4-653627

組版　柏木薫
印刷所　ディグ
製本所　難波製本

Publisher Michitani Co, Ltd., Tokyo
Printed in Japan
ISBN 978-4-89642-575-8　C0095